목 차

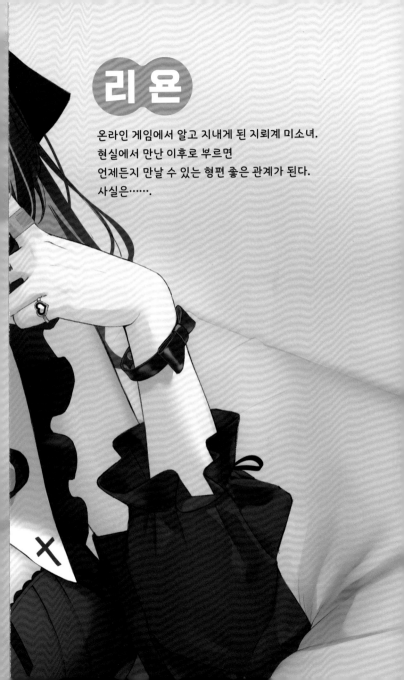

리욘

온라인 게임에서 알고 지내게 된 지뢰계 미소녀.
현실에서 만난 이후로 부르면
언제든지 만날 수 있는 형편 좋은 관계가 된다.
사실은…….

야카와 사라

"는 편의점에서 아르바이트를 하는
배. 몸만이라도 괜찮다는 말로
유혹하는데…….

"2등이든 3등이든,
자라도 상관없슴다."

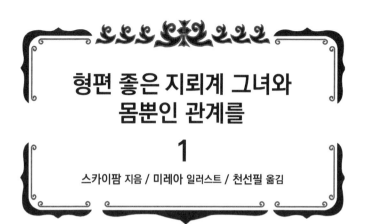

형편 좋은 지뢰계 그녀와 몸뿐인 관계를

1

스카이팜 지음 / 미레아 일러스트 / 천선필 옮김

커버 및 본문 일러스트_ 미레아

마음 내키면
덮쳐도 되거든?

형편 좋은 지뢰계 그녀와
몸뿐인 관계를

프롤로그

어째서 이런 일이 일어난 건지 머리를 필사적으로 굴리려 했지만, 이런 곳(러브호텔)에서, 이런 상황에서 잘 돌아갈 만큼 내 머리는 좋지 않았다.

하지만……

"리, 리욘! 역시 이런 건 안 좋은 것 같은데!"

"흐응~? 여기까지 와서 그런 말을 하는구나?"

딱히 싫은 기색도 보이지 않고 여유로운 미소를 짓는다.

침대 가장자리에 앉아 있던 나를 내려다보는 리욘은 속옷 차림이었다.

처음 만났을 때부터 날씬하다는 생각이 들긴 했지만, 옷이 없으니 그런 느낌이 더욱 눈에 띄었다. 그럼에도 불구하고 여자다운 봉긋함이 그 존재를 주장하고 있었다.

그렇게 언밸런스한 느낌이 머리를 어지럽게 만들었다.

검은색의 눈에 띄는 옷이 리욘의 특징이라 할 수 있었는데, 벗은 뒤에도 화장과 헤어스타일 덕분에 리욘다운 느낌을 알아볼 수가 있었다.

속옷이 흰색 계열이라는 게 뜻밖일 정도다.

게다가 손은 이미 브래지어의 훅에 가있어서, 이대로 조금만 더……, 아니, 안 돼, 안 돼, 안 돼!

이성을 되찾아라, 후지모토 아키토.

"그런데 이유가 뭐야? 벗은 걸 보고 실망해 버렸어?"

"그건 아니야! 절대로! 리욘은 엄청나게 예뻐!"

"──윽! 그, 그래……."

그렇다. 결코 그런 게 아니다.

문제는…….

"우리는 오늘 처음 만났는데, 갑자기 그런 건……."

"후후. 착실하구나?"

그녀가 뒤로 돌리고 있던 손을 내리고, 이쪽으로 서서히 다가왔다.

속옷을 입고 있기는 하지만 그런 상태로 움직이는 건 좀, 보여질 것 같은데…….

"괜찮아. 나도 억지로 하고 싶은 건 아니니까."

리욘이 그렇게 말하며 내 옆에 앉은 다음, 몸을 기댔다.

"──?!"

"그래도 좀 충격인데? 내가 그렇게 매력이 없어?"

"아니, 아니?! 그런 건 절대 아닌데……."

"아하하. 미안, 미안. 좀 놀렸을 뿐인데. 그리고 말이야, 아키 군."

리욘이 내 닉네임을 부르며 이쪽을 바라보았다.

"확실히, 난 아키 군의 본명도 모르긴 하니까."

"맞아, 맞아, 그거! 그거라고!"

우리는 우연히 같은 게임을 했고, SNS를 통해 의기투합해서, 오늘 만났다.

만난 건 이번이 처음이다. 얼굴도, 이름도 몰랐다.

"그럼 오늘부터 조금씩 가르쳐 줄 거야?"

"그건…….."

"나는 본명을 아는 사람이라도, 이런 모습까지 보여 준 적은 없는데?"

싱글거리면서 브래지어에 손을, 이번에는 앞쪽에서 대고 보여주는 리욘에게서 나도 모르게 눈을 피하게 되었다.

"후후. 그런 것도 느긋하게, 구나."

내 태도를 보고 포기했는지 그제야 손을 내려 주었다.

그래도 이런 곳에서, 이런 차림으로, 침대 위에 나란히 앉아 있다는 건 마찬가지지만…….

"모처럼 왔으니까, 게임하자."

리욘이 갑자기 그런 말을 꺼냈다.

좀 전까지 풍기던 요염한 분위기는 일단은 거둔 모양이었다.

"여기, 게임할 수 있어?"

"그런 구실로 여기에 왔잖아?"

그러고 보니 그랬던 것 같기도 하고, 하지만 그런 걸 떠올릴 만한 여유는 없다.

대여용 게임이 책상 위에 있긴 했다.

우리가 만나게 된 계기인 FPS 게임도 일단 할 수 있는 것 같다.

"저기……"

"응~?"

"옷이라도 좀 입으면 안 될까?"

열심히 게임을 할 준비를 시작한 리욘에게 그렇게 말해 보았지만……

"음~, 안 돼. 오늘은 이런 차림으로 함께 지낼 거야."

"그건 또 왜……."

"거절당해 버린 거, 분하니까."

"어……."

"마음 내키면 덮쳐도 되거든?"

리욘은 씨익 웃으며 게임을 기동시켰다.

결국 그 이후에 게임을 플레이하면서도 속옷 차림인 리욘에게 눈길이 가서 집중하지 못했고, 험한 꼴을 당했다.

형편 좋은
지뢰계 그녀와
몸**뿐**인
관계를

지뢰와 이면

"저질러 버렸어……."

그 이후로 1주일.

리온에게서는 전혀 연락이 없었다.

그야 그럴 것이다. 그런 상황 직전까지 가놓고, 쫄아 버리는 남자에게는 볼일이 없을 테니까.

"끄으으……."

후회는 된다. 딱 잘라 말할 수 있다.

리온은 마음이 잘 맞는 게임 친구였고, 얼굴이 귀엽고, 몸매가 좋고……, 아니, 잠깐, 그게 아니야.

아니긴 한데…….

"쫄았지……."

딱히 여자 경험이 없기 때문이라거나, 그런 이유 때문은 아니다.

아니 뭐, 여자 경험이 없긴 한데, 그런 게 아니라.

"척 보기에도, 지뢰계였지……."

호텔에 도착하기 전부터 나는 이미 겁을 먹고 있었다.

만난 순간부터 얼굴과 옷을 보고 머릿속에 떠오른 단어가 그것이었다.

——지뢰계.

밟으면 안 되는 여자를 일컫는 속어다.

사랑받고 싶어 하는 욕구가 강하고, 툭하면 심리적문제로 주위 사람들에게 영향을 끼치는 행동. 속박이 심하고 사랑이 부담되는 집착 등……

대충 그러한 요소가 담겨 있는 단어다.

손을 대면 위험한 타입인 여자라는 생각이 들었고, 실제로 하기 직전까지 갔으니 겁을 먹은 것도 어쩔 수 없다……는 생각이 든다.

아니, 그래도…….

"리온은 딱히 나쁜 애가 아닌데……."

외모만 보고 겁을 먹었다는 게 지금은 부끄럽다.

"지뢰계라고 해도 애초에 리온은 그런 분위기가 아니라고 해야 하나……, 성격에 대해서는 알고 있었다고 생각했는데……."

외견으로 판단할 수 있을 만큼 확립된 패션이긴 하다.

지뢰계란 원래 내면은 매력적이지만 손을 대면 후회하는 상대를 일컫는 단어였다.

한편, 이미 지뢰계 여자라는 단어가 존재할 만큼, 외모만으로도 그 특징에 들어맞는지 여부를 판단할 수 있는 단어가 되기도 했다.

울기라도 한 듯이 도톰한 애교살과 옅은 색조로 분위기를 연출한 화장.

검은색 기반에 프릴이나 리본이 많이 달려서 귀여운 원피스.

리욘의 생김새는 종합적으로 밟으면 안 되는 상대라는 것을 나타내기에는 충분했다.

생각하면 할수록 정말 아까운 짓을———, 아니지.

그 생김새 때문에 휘둘렸다는 것에 대해 미안하다는 마음이 든다.

왜냐하면 리욘은 외모가 아니라 성격부터 알고 지내게 되었으니까.

나는 리욘에게서 밟으면 안 된다는 감정을 한 번도 느껴본 적이 없었으니까.

그래도, 뭐…….

"본명조차 알지 못한 채로 한다는 것도 좀…….."

상대방이 보기에는 아무렇지 않았을지도 모르겠지만, 나는 처음이고……, 아니, 이제 이런 생각을 하는 것조차 한심하지만…….

"그래도…… 리욘이 머릿속에서 떠나질 않네…….."

생각하면 할수록 벗어날 수가 없다.

죄책감, 후회, 그리고 무엇보다…….

"리욘하고 연락 못하게 되었다는 게 꽤 힘들어…….."

마음이 잘 맞는 친구를 잃었다는 상실감이 크다.

내가 먼저 연락을 하자는 마음과 그러는 것조차 미안하다는 갈등.

그런 생각만 맴돌다가 아무것도 하지 못하고 답답해하기만 하는 나날을 보냈다.

◇ [리요 시점]

"아아아아아아아아."
마에다 리요는 방에서 혼자 끙끙대고 있었다.
"무조건 식겁한 거지……."
벌써 닷새가 지났는데, 전혀 마음을 추스릴 수가 없었다.
익숙하지 않은 차림새로 익숙하지 않은 캐릭터로 행동을 했다는 사실이 나중에야 정신적인 대미지를 더욱 부추겼다.
게다가…….
"아키 군, 그 이후로 연락을 안 해……."
그게 가장 충격이었기에 리요 스스로도 놀라고 있었다.
리요에게 있어서 세계는 항상 일과 함께 존재했다.
일의 내용을 고려하면 익숙하지 않은 캐릭터로 행동하는 것도 익숙하다고 생각했다.
그럼에도 불구하고 이런 상황이 되었다는 것이 리요에게 더욱 큰 대미지를 주었다.
"저질러 버렸어……."
일(아이돌)에 약간 싫증이 나서 푹 빠진 게임 안에서 알고 지내게 되었을 뿐, 그렇게 따지면 그것뿐인 관계다.

하지만…….

"잘 생각해 보니 일하고는 상관없이 나를 봐주는 사람은 처음이었구나…….."

이렇게 냉정하게 생각해 보니 평상심을 되찾을 수 없는 것도 어쩔 수 없을지 모르겠다.

초등학교를 졸업할 때쯤에는 이미 업계에 있었고, 그 이후로 만난 사람들은 자신을 아이돌로만 봤다.

처음으로 자기 자신을 있는 그대로 드러낸 상대가 아키토였다.

하지만, 만났을 때 차림새가 어디까지 있는 그대로였는지는 스스로도 잘 모르겠다…….

"으으, 그래도 그 옷 귀여웠는데……. 평소 때 나와는 너무 많이 달라서 거리에서도 들키지도 않고, 이런저런 면에서 편했는데……. 아키 군은 그런 거 별로였나……?"

방에 있던 **자신의** 포스터를 바라보았다.

하얀 의상을 입고 반짝이는 미소로 느긋하게 손을 흔들고 있다.

청초 아이돌 마에**노** 리요.

요즘 리욘의 활동 컨셉이다.

"안 어울리네……."

조용히, 자기 방인데도 불구하고 다른 사람이 듣지 못하게끔 작은 목소리로 중얼거렸다.

"아키 군하고 사이좋게 지낼 수 있었다면 이런 것도 의논할 수 있었을까……."

이렇게 되면 어쩔 수가 없다.

리요는 또 사고가 악순환에 빠지려 하는 것을 느꼈지만, 생각하면 할수록 이런저런 후회가 머릿속을 스치며, 머릿속에서 멋대로 안 좋은 방향으로 흘러가기만 했다.

실제로 학교도 그렇고 일도 최근 며칠 동안 제대로 집중을 못한 탓에 자잘한 실수를 했을 정도다.

그렇게 생각에 잠긴 채, 몇 번이나 생각의 방향이 움직이다 보면 문득 긍정적인 방향으로 쏠리는 경우가 있다.

"그런 상황에서 거절하는 애가 실제로 있구나……."

조금, 아니 상당히 크게, 리요는 신선한 감동을 맛보고 있었다.

리요 자신에게 그런 경험이 있는 건 아니다.

하지만 주위 사람들에게 들었던 이야기를 감안할 때, 남자라면 다들 머릿속의 8할 정도는 성욕이 차지하고 있을 거라 생각했고, 그렇게 생각하며 활동해야 한다고 여기기도 했다.

리요 주위에는 그런 이야기가 차고 넘칠 정도로 많았던 것이다.

남녀 모두 외모가 출중한 사람들이 모여 있다.

그리고 그 모두가 성인군자인 것은 아니다.

남녀 간의 문제가 자주 일어나곤 한다.

문제 없는 깔끔한 관계일 경우도, 그게 업무 쪽과 이어져 버리는 경우조차 없다고는 할 수가 없다.

하지만…… 하고 리요는 생각했다.

"아키 군은 그런 상태에서도 이성이 남아 있었지……. 그거 대단한 거 아니야?! 대단한 것……, 같아. 그런 것 같아. 아니면 나에게 매력이…… 아니, 아니, 그건 아니지. 괜찮아. 그랬다면 이미 망했을 테니까. 그렇지?!"

혼자서 폭주하다가 냉정해졌다.

아니, 완전히 냉정해지지 못한 말이 리요의 입에서 새어 나왔다.

"어차피 사귀거나 **그런 거**를 할 거라면 아키 군만큼 성실한 사람이 좋겠지."

무심코 그런 걸 상상해 버렸다.

그리고 또 머릿속에서 제멋대로 상상이 몸집을 부풀리더니…….

"으으으으으으으으으으."

얼굴이 뜨거워졌다.

"안 되겠어어어어어어어."

애초에 아무리 생각해 봤자 처음에 저지른 실수를 돌이킬 수 없다는 것이 리요의 결론이었다.

"으으……."

그렇게 생각하면 할수록, 아까운 것 같기도 하고 복잡한 심정이 머리와 마음을 지배해 나갔다.

하지만 어떻게 해야 할지 스스로도 알 수가 없었다.

적어도 리요에게 있어서 아키토는 마음이 잘 맞는 친구에, 이제 막 시작한 게임에서도 자상하게 가르쳐 준 신사고. 날마다 이야기를 해도 질리지 않는 상대였다.

 굳이 **그런 관계**가 되지 않더라도, 잃어버렸을 때 아무렇지도 않을 상대는 아니었다.

 "어차피 망친 거라면 내 쪽에서 먼저 연락 정도는 할 수 있잖아……."

 그래, 그렇게 생각하며 마음을 다잡았다.

 "만약에 답장이 안 오면 포기하자. 이것저것."

 그래도 혹시 답장이 오면……, 휴대폰을 꼭 쥐며 그렇게 생각했다.

 "다음에는 좀 더 잘 해야지……."

 나는 아이돌이니까.

 그렇게 많은 사람들을 즐겁게 해주는 일을 하면서 겨우 남자애 한 명을 즐겁게 해주지 못한다면 안 되겠지.

 아이돌로 활동할 수 있을 정도니까.

 리요도 자신의 외모에 대해서는 어느 정도 자신이 있다.

 그 자존심을 걸고서도……, 그렇게 생각하다가 멈췄다.

 "아니지……."

 그냥 쓸쓸하다는 걸 자각하고 있다.

 다른 말은 전부 변명이다.

 어디까지나 리욘으로서, 아이돌이 아닌 자신에게 있어서 간단히 포기할 수 없는 상대가 된 것이다.

왜냐하면 애초에 아이돌이 아닌 나를 보여 주고 즐겁게 이야기를 나눈 사람은 몇 명 없으니까.

그러니까…….

"……."

결심을 굳히고 휴대폰을 들었다.

재빠르게 조작한 다음, 기세를 그대로 살려서…….

"에잇~!"

닷새만에 보내는 메시지를 기세만으로 보내 버렸다.

그리고…….

"으아아아아아아아!"

침대에 뛰어들어서 데굴데굴 구르며 혼자 반성회를 시작했다.

이런 내용이라도 괜찮은 걸까?!

좀 더 생각하는 게 나았으려나?!

아니, 이제 다시 보는 것도 무섭고, 무서웠고, 못해, 못해, 못해, 못해!

안 되겠어어어어어.

만약에 답장이 안 오면 어쩌지?!

애초에 이미 차단당했을지도 모르고.

그렇다면 내 결심은 눈에 띄지도 않고 끝나 버리겠구나.

그렇게 생각하니…….

"그건, 싫은데…….."

아무튼 아키토와 어떠한 형태로든 이어져 있고 싶다.

그것이 지금 리요의 소원이었다.

"이래선 정말로 의존해 버리는 지뢰 같잖아, 나······."

내가 좋아하는 건 그런 패션뿐이었을 텐데······.

그런 생각이 끊임없이 머릿속을 계속 맴돌았고, 결국 메시지를 보낸 뒤에도 머릿속은 전혀 정리가 되지 않았다.

침대에 엎드린 채 시간만 지나갔다.

여동생 같은

"어……."

방에 장식되어 있던 포스터를 멍하니 바라보고 있자니 휴대폰이 진동했다.

아니, 그것까지는 상관없는데…….

"이거…… 리욘?!"

이제 연락이 안 올 줄 알았던 상대방의 연락.

다행히 전화는 아니다. 이 알림은 메시지다.

내용은 아직 안 봤지만…….

바로 답장을 보내고 싶지만, 보기가 무섭다는 생각부터 든다.

지금 혼자서 이 연락과 마주할 배짱과 기력이……. 그렇게 생각하고 있자니…….

──띵동~.

지금 나에게는 구세주 같은 인터폰이 울렸다.

일단 생각을 접어두고 그쪽을 신경 쓰기로 했는데…….

"오빠~. 얼른 열어 줘~."

늘어지는 목소리가 방까지 들렸다.

"······네네구나."

이마시타 네네.

친척으로, 이렇게 가끔 우리 집에 와서······.

"오빠~."

"그래, 그래, 지금 열어 줄게······."

"있지, 죽고 싶어."

하소연을 하러 오는 녀석이다.

"갑자기 그렇게 나오냐······."

"하지만~. 사귀는 선배가 툭하면 그걸 하고 싶어해서."

이너 컬러가 눈에 띄는 트윈테일과 애교살이 눈에 띄는 화장.

검은색 치마에 핑크색 셔츠.

리본과 어깨의 노출, 그리고 프릴······.

리온을 보고 지뢰계라고 단정짓고 경계한 이유 중 일부는 이 여동생 같은 소녀 때문이라고 할 수 있다.

검은색 기반이었던 리온과 비교하면 핑크색 요소가 강하고 팬시한 느낌이다.

평소 네네를 감안하면 일반적인 차림새이긴 하지만, 그래도 평소보다 신경을 좀 더 쓴 것 같다.

아마 데이트 같은 일정이 있었을 것이다.

익숙한 손놀림으로 코트를 지정된 위치에 걸면서 아무렇지도 않게 죽고 싶다는 말을 한 네네에게 일단 말을 꺼냈다.

"사귀는 남자가 있는데 다른 남자 집에 오면 안 되지."

"이미 헤어졌어~. 아, 네네는 레몬 티가 좋은데~!"

가볍구나…….

그리고…….

"그런 게 혼자 사는 남자 집에 있을 리가 없잖아."

"어~? 네네가 저번에 두고 갔잖아."

"어……?"

그런 건 모르는데.

"봐, 여기! 물만 끓이면 먹을 수 있으니까~."

어느새…….

네네는 서랍을 열고 박스만 꺼낸 다음, 뒷일은 맡기겠다는 듯이 부엌을 나갔다.

마치 자기 집처럼 편히 돌아다니는 네네를 보며 물을 끓일 준비를 하기 시작했다.

응석꾸러기 여동생 같은 느낌이네…….

이러쿵저러쿵해도 이렇게 응석을 받아 줬던 탓에 저렇게 되었을 거라고 생각하면서도, 그렇게까지 싫지만은 않았다.

"에휴……. 왜 네네의 상대는 항상 몸만 탐내는 걸까~."

"이유가 뭘까."

레몬티 설명서를 보면서 맞장구를 쳤다.

티백이 아니라 가루를 녹여서 먹는 거구나. 박스를 뜯어 보니 스틱 형태의 용기가 여러 개 나왔다.

"오빠만큼은 나를 그런 눈으로 안 보잖아?"

"뭐…… 여동생 같은 거니까……."

그리고 이 숨겨진 얼굴을 알고 있기 때문이기도 하다.

귀엽게 생기기도 했고, 남자에게 빈틈을 잘 보이기도 하니까 끌리는 것도 이해가 되긴 하지만…….

그 빈틈은 아마 의도적일 것이다.

뻔하게 보이는 지뢰를 밟으러 가는 경우는 보통 없을 테니까.

"여동생 같다고 하는 남자는 다들 금방 '그걸' 하고 싶어 했는데 말이지. 그래도 오빠는 믿어~."

부탁받은 대로 레몬티를 두 잔 타서 테이블로 가지고 간 다음에 옆에 앉자 곧바로 네네가 어깨를 기댔다.

이러는 걸 보니, 남자라면 손을 대고 싶어하는 것도 이해가 되긴 하는데…….

"아~. 오빠라면 안심하고 응석을 부릴 수 있는데 말이지. 여자친구는 안 만들어?"

"안 만든다고 해야 하나……. 딱히 기회가 없다고 해야 하나……."

"어~? 오빠하고 사귄다면 행복하게 해줄 것 같아서 좋겠다~ 싶은데. 오빠가 좀 더 훈남이었다면 말이지."

"야……."

"아하하!"

이렇게 미리 철벽을 치니까 이성이 제대로 발휘된다는

27

이유도 있을 것이다.

무엇보다 친척이다. 무슨 일이 생기면 골치가 아파질 거라는 이유도 있다.

레몬티를 한입 마시나 싶더니 곧바로 컵을 내려 놓고는 옆에 앉아 있던 내 무릎에 머리를 기댔다.

"으으…… 이번에는 진심이었는데……."

그리고 곧바로 내 허벅지에 얼굴을 묻고는 그렇게 중얼거렸다.

이것도 평소대로라고 할 수도 있긴 한데……

"진심이라면 그럴 기회도 생길 수밖에 없는 거 아닐까?"

나도 레몬티를 들려고 손을 뻗으며 그렇게 말했다.

"순서라는 게 있잖아! 아얏!"

마침 고개를 든 네네가 내 팔꿈치에 머리를 부딪히고는 다시 몸을 웅크렸다.

레몬티를 들기 전이라 다행이네……. 위험했어…….

"으으……"

"미안해……. 괜찮아?"

"쓰다듬어 줘."

네네는 엎드린 채 고개만 들고 그렇게 말했다.

"그래, 그래."

이 정도 부탁은 이미 익숙해졌다.

"아~ 그래그래, 선배도 이렇게 자상하게 쓰다듬어 줬었는데……. 아니, 이 감촉은 그 전 선배하고 비슷할지도 모

르겠는데? 그런데 작년에 잠깐 사귀었던 사람도 이런 느낌이었던 것 같아."

"남의 손을 전 남친하고 비교하지 마."

이렇게 만나는 게 매번 헤어졌다는 신호나 마찬가지다.

보통 한 달에 한두 번은 온다.

그렇게 생각하니 빈도가 엄청나네…….

그런 생각을 하고 있자니…….

"음…… 그런데 오빠, 왠지 쓰다듬는 방식이 바뀐 것 같은데?"

"어?"

"뭐라고 해야 하나…… 네네에게 해주는 게 아니라고 해야 하나……? 그래도 여자를 조금 의식한다는 느낌이 든다고 해야 하나…….'"

"그게 무슨 소린데?"

네네는 몸을 일으키며 생각에 잠긴 듯한 모습을 보였다.

그리고…….

"나 말고 요즘 누구 쓰다듬어 준 사람 있어?"

"어?"

예리하다.

그리고 표정이 조금 무섭다.

이유가 뭔데……. 혼나야 할 이유도 없는데 왠지 압박감이 든다.

리욘하고 만났던 그날, **결승점**까지는 가지 않았지만,

몸을 밀착시키기도 했으니 머리를 쓰다듬은 적도 당연히 있다.

그런데 어떻게 그걸 안 건데……. 야생의 감……?

"쓰다듬었지? 쓰다듬지 않았더라도 누군가 그런 상대가 생겼지? 분명히 그럴 거야!"

네네가 이상한 분위기를 보이며 얼굴을 들이댔다.

"오빠는 내 건데!"

"딱히 네네 거는 아니잖아?!"

네네의 1인칭이 나로 바뀌었을 때는 진지하게 말하는 경우가 많다……. 아니, 그렇게 이상한 구석에서 진지해져도 곤란하기만 한데…….

"누구야?"

"누구냐니……."

"오빠에게 여자친구가 생긴다면 적어도 네네가 인정하는 상대여야지! 저 포스터에 나온 애만큼 귀엽다면 인정해 줄게!"

"말도 안 되는 소리 하지 마?!"

처억, 네네가 손가락으로 가리킨 곳에 있던 것은 인기 아이돌, 마에노 리요의 포스터였다.

흰색 의상이 잘 어울리는 청초한 캐릭터성, 500년에 한 명 나올까 말까한 미소녀라고 불리는 존재다.

그런 존재와 가까운 사이가 될 리는 없을 것이다. 무대와 객석의 거리감, 제일 앞줄에서도 멀리 느껴질 정도인

상대다.

물리적인 면에서도, 금전적인 의미에서도, 심리적인 허들도…….

뭐, 애초에 그런 거라 여기고 있으니 굳이 생각해 볼 필요도 없겠지만…….

그렇게 생각하고 있자니 네네가 갑자기 조금 전까지 보이던 살벌한 분위기를 거두고는 아무렇지도 않게 말했다.

"뭐, 오빠라면 딱히 금방 사귀는 일은 없을 테니 괜찮으려나~."

"갑자기 냉정해졌네…….”

좀 전까지 보이던 기세가 갑자기 사라지더니, 다시 무릎에 누워 내 얼굴을 올려다보았다.

"아니, 오히려 오빠한테 여자친구가 생기면 이야기도 나눠 보고 싶고 즐거울지도 모르겠어. 어떤 사람이야?"

감정이 너무 휙휙 바뀌어서 휘둘리기만 하네…….

그 때문에…….

"어떤 사람이냐니, 아무 일도 없었는데."

"역시 있네, 그런 사람."

네네가 눈을 흘기며 다시 노려보았다.

함정에 빠졌구나…….

"아니, 어떻게 된 거야?! 아무 일도 없었다면 적어도 데이트까지는 한 거야?! 만남 어플?! 멋진 남자를 만날 수 있다면 나한테도 가르쳐 줘!"

"아니야, 아니야. 게임 친구라고."

이미 들켰다면 어느 정도는 말하는 게 나을 거라는 생각이 들어서 포기하고 자백했다.

아니, 애초에 그런 사이트를 이용했다 하더라도 나는 남자하고 어떻게 만나야 하는지 모르는데……. 그런 쪽으로도 이용할 수 있을지도 모르겠지만, 있다면 적어도 나는 여자애하고 만날 때 쓰겠지……. 아니, 잠깐만, 그게 아니라.

"요즘은 게임 안에서 매칭되면 그 상대하고 메시지나 통화를 할 수 있고, 서로 잘 맞다 싶으면 그대로 계속 함께 플레이하기 위해서 외부 프로그램으로도 연락을 주고받을 수 있거든."

이상하게 오해를 사는 것보다 낫겠다 싶어서 설명해 주었다.

하지만 나에게는 그런 상대가 많지 않다고 해야 하나, 관계가 그 정도인 사람은 리온밖에 없긴 하지만……. 남녀를 불문하고.

"호오……. 그런 만남 방식도 있구나."

왠지 쓸데 없는 지식을 알려 준 것 같은데…….

"뭐, 그건 그렇고, 어디까지 갔어?!"

"아니……, 그게…….."

다른 시점에서 보면 좋은 기회일지도 모르겠다.

이렇게 된 이상, 경험이 풍부할 것 같은 네네하고 의논

해봐야겠다.

"저번에 처음 만난 이후로 뭐랄까, 연락을 못하겠거든."

"뭐어? 오빠, 무슨 짓 저질렀어?"

"아니, 그런 쪽은 괜찮을 것 같은데……."

반대로 아무 짓도 안 했다는 게 실수를 저질렀다고 할 수도 있을지 모르겠지만…….

"뭐, 오빠 같은 경우에는 뭔가 기분 나쁜 짓을 했다기보다 아무것도 안 해서 가능성이 없어져 버렸을 경우도 있겠지만……."

마치 보기라도 한 것처럼 다 알고 있네.

아무 말도 안 해야겠다.

"아니, 그래도, 애초에 게임 친구끼리 그렇게 된 거면 상대가 만남 목적인 것 같잖아."

"그건 아닐 것 같은데……."

"음~. 그래서, 그쪽도 연락을 안 해?"

"아…… 그게 좀 전에—."

내가 휴대폰을 가리키면서 그렇게 말하려던 순간…….

"바로 답장! 기다리게 하면 안 되잖아! 자! 나는 저쪽 보고 있을 테니까!"

"어……."

"자, 얼른! 다 보내면 말해!"

이상한 건 잘 따지네.

미룰 수 있겠다 싶었는데 오히려 제한시간이 앞당겨진

모양이다.

뭐, 언젠가는 보낼 필요가 있었지만…….

"아직이야?!"

"아직 휴대폰에 손대지도 않았어!"

네네의 인내심이 바닥나기 전에 어떻게든 해야겠다.

애초에 정작 중요한 내용은…….

『오랜만……이지?

아키 군만 괜찮다면

다시 함께 게임을 하면서 놀고 싶으니까,

연락 기다릴게요.』

"오오…….'

"왜 그래? 오빠."

네네가 나에게 등을 돌린 채로 말을 걸었다.

"아니, 이제야 내용을 봤어."

"느려! 1초라도 빨리 답장을 보내야지!"

네네가 그렇게 말하지 않더라도 그래야 할 필요성을 느끼고 있었다.

내용만 봐도 어떤 마음으로 보냈을지는 짐작이 된다.

곧바로 쓸 내용을 생각해 보았다. 아니, 굳이 생각해 볼 필요도 없지.

『나도 다시 만나고 싶어.』

제일 먼저 이걸 보내야지.

다음 내용을 생각하던 동안에 곧바로 읽음 표시가 떴다.

"계속 보고 있었구나……."

"오, 답장은 제대로 보냈어?"

"그래. 고마워."

"아뇨, 아뇨~. 그래서, 그래서, 어떤 느낌인데?!"

"그게……."

이쪽으로 돌아선 네네와 이야기를 나누며 휴대폰을 확인해 보니 곧바로 답장이 와 있었다.

『다행이야~! 다음에는 어디 갈까!』

"다음 일정을 정하고 있어."

"뭐? 진도 빠르네. 장난 아니다, 데이트잖아?!"

"뭐, 그렇게 되는 건가……?"

냉정하게 생각해 보니 저번에도 그랬나 싶어서 왠지 얼굴이 뜨거워지는데……, 아니, 애초에 그 이상을 해버렸으니까…….

그렇게 생각하고 있자니 네네가 뭔가 생각하는 듯한 낌새를 보이더니…….

"흐응. 그렇게 멋진 상대구나?"

"왜 그렇게 생각한 건데……. 아니, 말 안해도 돼."

무슨 말을 할지 상상이 되어서 말렸는데…….

"오빠 얼굴을 보면 알아."

결국 그런 말을 듣고 말았다.

다른 사람에게 그런 말을 들으니 더욱 의식이 된다.

"그래서, 어디 갈 건데? 오빠의 센스가 시험받고 있어."

"어……."

"저번에는 어디 갔는데?"

"무슨 게임 콜라보 카페가 있다고 그 사람이 알려 줘서 거기로——."

"그럼 다음에는 오빠가 에스코트해야겠네~."

네네가 싱글싱글 웃으며 말했다.

그리고 기세를 실어 내 등에 기대듯이 몸을 붙여 왔다.

좀 무거운데……라고 하면 분명히 화를 낼 테니 소리 내어 말하지는 않았고, 부드러운 것이 닿은 듯한 감촉에 대해서도 일단은 생각하지 않기로 했다.

상대가 네네라면 이 정도 이성은 돌아간다.

"에스코트 말이지……."

"카페 순회 같은 거 하면 돼."

"허들이……."

그런 데이트다운 데이트를……이라는 생각도 들고, 애초에 카페에 대한 지식이 전혀 없다.

순회할 만큼 지식이나 여유가 없다.

네네가 내 얼굴을 어깨 너머로 보고는 잠깐 생각하다가 제안했다.

"음…… 오빠 같은 경우에는 알아서 이벤트가 생기는 게 더 낫겠구나. 고양이 카페 같은 곳은 어때?"

"아……."

"이거 봐, 여기에서는 이구아나를 만져 볼 수 있대!"

"잠깐만, 잠깐만. 고양이는 어디 갔어?!"

조금 신경 쓰이는 게 분하다.

네네가 휴대폰 화면을 나에게 보여 주었다.

"호오~. 고양이 에리어하고 약간 특이한 동물 에리어로 나뉘어 있구나~. 이거 봐! 미어캣이래! 귀엽다~!"

"귀엽긴 한데……. 이구아나하고 미어캣이 함께 지낼 수도 있구나……."

사진에는 조명 아래에서 기지개를 켜는 미어캣과 느긋하게 지내고 있는 커다란 이구아나가 나란히 찍혀 있었다.

그 밖에도 거대한 땅거북이나 토끼, 기니피그, 고슴도치 같은 게 있는 모양이었다.

"오빠는 이런 거 좋아하잖아."

네네가 씨익 웃으며 이쪽을 보고 말했다.

확실히 좋아하긴 한다. 이미 흥미가 생기기도 했고, 혼자서라도 가보고 싶은 마음도 있다.

"나는 좋아하긴 하는데, 이거…… 여자애들은 어때?"

이구아나를 보고 신나는 사람은 소수일 것 같은데…….

"네네는 괜찮아~. 아니, 신경 쓰이는 사람이라면 이렇게 자기가 좋아하는 곳에 데리고 가서 신이 난 모습을 보면 귀엽다는 생각이 들 거야."

"귀엽다고……. 그런 평가가 괜찮은 건가……?"

"아, 오빠, 귀엽다는 걸 얕보고 있구나?"

네네가 등에서 떨어진 다음, 일부러 정면에 정좌를 하고 앉아서 말하기 시작했다.

"아시겠어요? 오빠. 여자애가 귀엽다고 하는 건 더할 나위없는 칭찬이니까."

"뭔가 아무때나 말한다는 이미지가 있는데."

"그건 여자애들끼리 말할 때나 그렇고! 그건 그냥 인사니까! 잘 먹겠습니다나 잘 먹었습니다 같은 말이야!"

그것도 좀 그렇지 않나…….

"지금은 그런 게 아니라! 여자애가 남자애에게 귀엽다고 할 때의 이야기! 그런 말을 하게 만들면 이기는 거라고! 네네도 귀엽다는 생각이 든 상대에게 푹 빠진다니까!"

"푹 빠진다고…….."

"멋있는 사람은 말이지, 멋있지 않은 모습을 본 순간에 식어 버려. 하지만 귀여운 사람이라면 뭘 해도 귀엽다고 느껴진다니까! 그건 치사한 수준이라고!"

네네가 열변을 토했다.

그렇구나……. 무슨 말을 하려는 건지는 알겠는데, 내 감각이 따라잡지 못한다고 해야 하나…….

"뭐, 아무튼 오빠는 이번에 여기 가면 돼. 분명히 잘 될 테니까."

"그런가……?"

"그래! 그래! 네네가 보장할게! 잘 안 되면 위로해 줄 테니까! 조금이라면 가슴 만져도 화내지 않을게. 정 뭐하면 기운을 낼 겸 만질래?"

"만지겠냐!"

"아하하."

가슴을 들어 올리며 그런 말을 한 네네의 머리에 살짝 꿀밤을 먹였다.

괜시리 가슴은 커서 좋지 않다. 정말로…….

"아~. 방금은 그냥 장난식으로 살짝 만져 버리면 되는 건데."

네네가 싱글거리며 나를 보고 있다.

그러면서 몸만 탐낸다고 하소연을 하러 오는 걸 보니 남자가 조금 가엾어질 정도다.

진짜로 만질 걸……. 아니, 아니, 냉정해지라고. 조금 아쉽다거나 그런 생각을 하면 네네의 의도대로 되는 거니까.

"뭐, 오빠가 쓸데없이 여자에게 익숙해져 버리는 건 싫으니까 상관없으려나?"

"그렇게 생각해 줬으면 좋겠어……."

진짜로 좀 봐줬으면 좋겠다.

손을 대지 않을 거라는 사실을 알고 있으니 그러는 거겠지만…….

"그럼, 데이트 보고를 기대할 테니까. 내일 바로 토요일이니까 다녀오라고!"

"그렇게 당장은 힘들지."

"물어봤어?"

"그건……."

우선 어디에 갈지 제안부터 해야 할 텐데, 갑자기 내일 보자고 하는 건 좀 아닌 것 같다고 생각했는데…….

"오빠가 메시지 보낼 때까지, 네네는 안 갈 거야."

네네는 책상에 앉아서 두 손으로 턱을 받치고는 완전히 늘어진 모습을 보였다.

슬슬 돌려보내지 않으면 어두워질 텐데…… , 아니, 이제 그런 나이는 아니겠지만…….

"알겠어."

어찌 됐든 해야만 하는 일인 건 마찬가지니까…….

네네가 보내준 URL을 그대로 리욘에게 보냈다.

『혹시 여기는 어떨까?

내일하고 모레는 주말이니까, 나는 어디든 갈 수 있어.

너무 갑작스럽게 말해서 힘들면 다른 날에 가도 되고.』

내용을 작성하고, 몇 번 확인하고 나서…….

"보냈어."

"오오! 답장은?!"

"그렇게 바로 올 리가…… ."

──띵동.

"왔네…… ."

"후후. 이거 진짜로 그린라이트인데? 오빠."

"아니…… ."

네네가 한 말은 일단 잊고 내용을 확인했다.

『갈래!

내일, 역 앞에서 만나면 될까?』

템포가 빠르네…….

"표정을 보아하니 오케이였나 보네?"

"뭐……."

"잘됐네! 뭐, 아무튼 즐겁게 지내고 오면 괜찮다니까! 오빠는 쓸데없이 인기가 없을 것 같다거나 그런 걸 생각하지 않는 게 좋을 거야! 자연스러운 느낌이 차분해서 좋은…… 가? 그러다가는 함락시킬 수가 없을지도? 네네처럼 되어 버릴 테니까."

이렇게 된 이상 그런 것도 상관없다고 해야 하나, 원래 관계로 돌아갈 수만 있다면 좋은데…….

"어떻게 하면 될 것 같아?"

기대하지 않는다고 하면 거짓말일 것이다.

그렇게 일단 물어보니…….

"음~. 가슴을 만져도 된다고 하면 만진다, 정도?"

"……."

도움이 되는 조언은 얻지 못했다.

아니, 뭐, 네네에게는 충분히 도움을 받긴 했는데…….

"그런 상황이 될 리가 없…… 잖아."

위험하네.

중간에 저번 일이 생각나서 말이 중간에 끊어질 뻔했지

만, 겨우 끝까지 말했다.

아무리 그래도 그런 일이 있었다는 것까지 네네에게 말할 수는 없으니까.

"응~? 뭐, 오빠가 진심이면 좀 들이대도 괜찮다니까."

"그래, 그래."

일단은 둘러댄 모양이다.

"그런데, 오빠."

"응?"

"내일 입고 갈 옷은 있어? 네네가 골라 줄까?"

"아니, 사양할게."

"에이…… 한 번쯤은 네네 취향이 되어 달라고~."

"네네의 취향에 맞춰 봤자 소용 없잖아?!"

애초에 취향에 맞춰 입을 만큼 옷이 다양하게 있는 것도 아니다.

지금까지 봐온 네네의 타입으로는 옷을 따로 사와야 취향에 맞게 될 것이다.

"음~, 뭐, 됐어. 데이트 열심히 하고 와, 오빠."

"고마워."

데이트라는 말을 너무 의식하지 않게끔 하고 싶지만, 부정하기가 힘들다는 생각이 든다.

각오를 다지자.

"아~, 이제 오빠도 여자친구가 생겨 버리는구나."

"아니, 적어도 내일 당장 그러진 않을 것 같은데……."

아무리 그래도 전개가 너무 빠르잖아⋯⋯. 그런 마음과 그렇게 순서 같은 걸 따지기엔 저번 일 때문에 영문을 알 수 없다는 마음이 뒤엉켰다.

 "뭐, 아무튼 보고해 줘! 네네도 내일은 데이트를 하니까."

 "뭐? 아까 헤어졌다고⋯⋯."

 "당연히 다른 사람이지~. 네네는 한번 버린 상대하고는 연락을 안 하니까."

 어째서 이미 다른 사람이 있는 건지, 그렇게 여러모로 태클을 걸고 싶긴 하지만⋯⋯.

 "그럼 우리 둘 다 내일 준비도 해야 하니까, 슬슬 집에 가자."

 "네~. 그런데 오빠는 네네를 계속 너무 어린애 취급하는 것 같단 말이지~. 요즘 같은 시대에는 어두워지기 전에 집에 가라는 말을 들을 일이 별로 없는데."

 불평하면서도 부드러운 말투로 말하면서 웃고 있는 걸 보니 불쾌하지는 않은 모양이다.

 "여동생을 대할 때는 계속 이럴 것 같은데. 어두워지면 데려다주기도 할 거고."

 "어~? 데려다준다고 하면서 늑대가 되어버리는 거야?"

 "숙모님도 계신데 그럴 리가 없잖아?!"

 "아하하."

 이러쿵저러쿵하면서도 이런 거리감을 유지하고 싶다는 마음은 우리 둘 다 마찬가지일 것이다.

"후훗. 그럼 내일 또 연락해!"

네네도 아마 같은 심정일 것 같다는 느낌으로 반응을 보이고는 얌전히 집으로 돌아갔다.

데이트

"너무 일찍 도착했나?"

만나기로 한 곳은 가게에서 제일 가까운 역이다.

약속 시간보다 여유있게 20분 전에 도착하려고 전철 시간표를 알아 보고, 집 근처 역에 늦지 않게끔 조금 일찍 집을 나선 결과, 정시 도착보다 두 개 정도 앞 열차를 타서 지금은 약속 시간 30분 전이다.

"시간을 때우기도 미묘한데."

서서 기다리기에는 길지만, 어디 가게에 들어가기에는 짧다…….

뭐, 사람이 많은 역이니까. 금방 합류할 수 있을지 모르니 알아볼 만한 표지라도 찾아야지.

그렇게 생각하고 있자니…….

"야, 엄청나게 귀여운 애가 있는데?"

"아니, 그래도 저거, 척 보기에도 위험하지 않나?"

"지뢰라는 거? 아니, 그래도 저렇게까지 귀여운 애라면 나는 딱히 부담되거나 아픈 애라도 상관없는데."

"그건 그럴지도 모르겠네……. TV에서도 보기 힘들 정도로 귀여워……."

옆에 있던 남자 두 명이 그렇게 이야기를 나누는 목소리가 들렸기에 그쪽을 보니…….

"역시나."

"아, 아키 군! 벌써 와 있었구나. 오래 기다렸어?"

타닥타닥, 리욘이 이쪽으로 뛰어오자 남자들이 눈을 동그랗게 떴다.

뭐, 만나기로 한 사람이 나일 줄은 몰랐을 테니까. 리욘은 그만큼 뭔가 특별한 느낌이 드는 아우라를 뿜어내고 있었다.

"아니, 내가 너무 일찍 온 거니까……, 그런데 리욘도 꽤 일찍 왔네."

"아하하. 기다리기가 힘들어서."

여전히 차림새는 까맣다. 옷뿐만이 아니라 마스크까지.

하지만 리욘에게는 그 마스크로도 가리지 못하는 무언가가 있다. 잘 다듬어진 예쁜 머리카락이 반짝이는 느낌까지 들었다.

"저기……."

아차.

너무 빤히 바라봐서 리욘이 불안해하는 건가 초조해졌는데……

"고마워. 답장해 줘서."

리욘이 그렇게 말해 줬다.

맞다. 애초에 그 이야기부터 해야 한다.

외모에 압도당해서 깜빡 잊을 뻔했다고 해야 하나, 머릿속 한구석에 밀어 두었던 부분이었기에 급하게 궤도를 수

정했다.

"오히려 내가 미안해. 좀처럼 연락하기가 힘들어서……."

"아하하. 그건 어쩔 수 없다고 해야 하나, 내가 저질렀다고 해야 하나……. 오늘은 그런 거 없는 걸로! 아니, 아키 군의 마음이 바뀌었다면 요구해 줘도…… 아니, 내가 무슨 소릴 하는 거지……."

리욘은 당황하며 얼굴을 붉게 물들였다.

마스크 너머로도 빨개진 게 보인다니, 대단하네…….

"으으…… 아무튼! 오늘은 평범하게 즐길 거니까! 응?"

하지만 나도 한계인 건 마찬가지였기에 리욘의 밝은 분위기가 고마웠다.

"이제 와서 말하긴 뭐한데, 내가 말했던 곳에 가도 괜찮겠어……?"

"어? 전혀 상관없는데! 재미있을 것 같고."

리욘은 방긋 웃으며 이쪽을 돌아보았다.

벌써 내 손을 잡은 채 이끌려 하고 있다…….

아니, 은근슬쩍 손을 잡고 있잖아.

"그럼 다행이고."

상대방이 너무나도 자연스럽게, 쉽사리 그런 행동을 했기에 내가 동요하면 안 된다는 알 수 없는 압박감이 느껴진다.

"그건 그렇고 아키 군, 이런 걸 좋아하는구나~."

"그래."

"후후. 좋은 것 같아. 애완동물도 키워?"

"아니, 혼자 사니까 키우기는 좀."

"어? 혼자 사는구나?! 나랑 똑같네."

역에서 길을 따라 계속 걸어갔다.

사람들이 많은 역이긴 하지만, 주요 시설이 조금 떨어진 곳에 있는 구조상 10분 정도는 이런 시간이 생길 수밖에 없었다.

뭐, 이야기를 하면서 가면 눈 깜짝할 새에 도착한다는 것도 저번에 배웠으니 이번에도 그렇게 될 것 같지만.

"똑같다면, 리욘도⋯⋯?"

"응? 다음에 놀러 올래?"

"어⋯⋯."

뜻밖의 초대였기에 가슴이 두근거렸다.

내 반응 때문인지, 아니면 깊게 생각하지 않고 그런 말을 꺼내서 그런지, 리욘이 다시 당황하며 이렇게 말했다.

"아, 저기, 딱히 이상한 의미가 아니라! 진짜로! 그 왜, 우리 집에서는 같이 게임도 할 수 있고⋯⋯ 아니, 저번에도 그렇게 말하면서 갔었지⋯⋯."

리욘은 자기가 판 함정에 알아서 빠지고 있었다.

아니, 리욘이 이렇게 해주고 있는 덕분에 내가 어떻게든 평상심을 유지할 수 있는 거겠지⋯⋯. 나보다 당황하는 사람이 있으면 냉정해진다고 해야 하나⋯⋯.

"잠깐만! 아키 군! 그렇게 웃지 마! 나 혼자만 당황하니까 창피하잖아!"

부끄러움을 둘러대려고 내 어깨를 살짝 두드렸다.

고개는 어찌어찌 돌렸지만, 손을 놓지는 않았기에 도망칠 수가 없었다.

사랑스럽다는 생각이 들었다.

"정말……. 그런데 아키 군은 그런 가게에 자주 가?"

리온은 금방 원래 분위기로 돌아와서 나에게 물었다.

내 키가 더 크니까, 이런 거리에서는 그녀가 계속 올려다보는 구도가 되기에 가슴이 두근거렸다.

아니, 지금은 대화에 제대로 집중해야지.

"응? 아니, 사실 가게도 친하게 지내는 친척이 가르쳐 줬어."

"오~! 그 사람은 이런 걸 좋아하는구나!"

"그런 건 아닌 것 같긴 한데……."

뭐라고 설명해야 할지 고민이다.

네네가 딱히 이런 걸 좋아해서 가르쳐 준 게 아니라 추천하는 데이트 코스로 가르쳐 주었을 것이다.

게다가 본인의 취향이 아니라 나와 상황에 맞춰서……. 그렇게 생각하니 예상보다 이것저것 계산한 것 같아서 대단하네. 나중에 고맙다고 해야지…….

"아키 군……?"

"아, 미안……. 저기, 뭐라고 설명해야 할지 모르겠어서. 이런저런 경험이 있을 것 같길래 부탁했더니 괜찮아 보이는 곳을 가르쳐 줬다……는 느낌……인 것 같아."

"왜 자기 일인데 그렇게 자신없이 말하는 거야?"

리온이 웃으면서 그렇게 말했다.

내가 생각해도 이상하긴 하지만, 뉘앙스는 전달되었을 것이다.

"그런데 친척이라~. 나는 나이가 비슷한 사람이 없으니까 부럽네……. 어떤 사람이야?"

"어떤……."

설명하기 힘든 질문이 연달아 이어졌다.

단적으로 네네의 소개 문구를 떠올려 보았지만, 긍정적인 방향으로 나아갈 것 같지 않다.

한 달에 한두 번 정도, 남자에게 차일 때마다 집에 오는 여동생 같은 존재…… 안 되겠다. 어디를 어떻게 보더라도 안 되겠다.

여동생, 그렇게 딱히 부정적이지 않은 단어조차 왠지 망측하게 들릴 정도다.

"뭔가 복잡한 느낌이야……?"

"아니, 그런 건 아닌데……, 아, 맞다! 리온하고 옷 계통이 똑같으니까 취향도 비슷할지 모르겠네."

"옷?"

"응?"

"아! 여자애였구나!"

그거부터?

고양이 카페는 그렇다치더라도 이구아나가 있는 가게라는 정보밖에 없었으니 어느 쪽인지 몰랐을 수도 있겠구나.

"흐음~. 아키 군, 그렇게 사이 좋게 지내는 여자애가 있구나."

"뭐, 그래도 여동생 같은 느낌이니까."

"……그거, 몸만 노리는 남자들이 자주 입에 담는 말인 거 알아?"

아차.

그러고 보니 네네도 그렇게 말했었지.

"후후. 뭐, 아키 군이 그런 타입은 아니라는 건 알고 있지만……. 그래도 정말 사이가 좋은 모양이네. 일부러 의논할 정도라니."

리욘은 다행히 더 이상 신경 쓰지 않는 듯이 가벼운 분위기로 이야기를 해주었다.

맞장구를 쳐야겠다.

"가끔 우리 집에 오는데, 어제 왔었거든."

"그렇구나~. ……나하고 같은 계통의 옷이랬지?"

리욘이 고개를 숙여서 잠시 자신의 차림새를 한번 확인하고는……

"이거?"

"핑크가 좀 더 많은 느낌."

"……대충 알겠어. 잠깐만, 아키 군. 정말로 여동생이라고 딱 잘라 말할 만한 거리감이지?"

미심쩍어하는 표정을 지었다.

무슨 말을 하려는 건지는 알겠다. 실제로 저번에 **그렇게** 될 뻔하기도 했으니 설득력도 있다.

하지만…….

"나는 대상이 아닌 모양이라서. 좀 더 훈남이었으면 좋겠다고 하던데."

"에엥~, 아키 군은 자상한 아우라가 있어서 좋은 건데!"

그 말, 칭찬 맞는 거야……?

"뭐, 그런 거라서, 나는 딱히 아무것도 없긴 한데…….""

"취향은 각자 다른 법이니까. 그리고 친척이라면 좀 그렇고~."

그런 요소도 크긴 할 것이다.

껄끄러워진 이후의 위험부담이 너무 크다…….

"그래도 사이 좋게 지낸단 말이지. 아, 마침 도착했네."

"정말이네."

역에서부터 걸어왔는데, 역시 눈 깜짝할 새였다.

미리 조사해 보니 붐비는 경우도 있다고 했기에 일단 예약도 해두었다. 시간도 대충 맞을 것이다.

"들어가자."

"가슴이 두근거려~."

건물의 엘리베이터로 들어가서 위층으로 올라갔다.

상가 건물의 좁은 엘리베이터지만, 두 사람이라면 좁은 느낌도 들지 않……긴 한데, 거리가 조금 가까워진 느낌도 들어서 긴장했다.

"……아키 군, 지금까지 손을 잡고 왔는데 이제 와서 거리를 두는 거야?"

"이건…….."

"그런 반응을 보니 진짜로 친척 애하고도 아무 일도 없을 것 같다는 생각이 드네."

리욘이 웃었다.

"아니, 상대가 리욘이라서 그런 것 같은데…….."

내가 한 말을 듣고 리욘이 한순간 눈을 동그랗게 뜨고는 뭐라고 대답할지 생각하다가…….

"아…….."

마침 엘리베이터가 우리가 가려던 층에 도착했다.

"갈까…….."

"그래…….."

약간 어색한 느낌으로 접수처를 향해 갔다.

접수처에서는 주의사항과 설명을 들었고, 일단 고양이 카페 에리어로 들어가게 되었다.

◇

"귀여워~!"

들어간 순간, 리욘이 고양이에 흠뻑 빠져준 덕분에 껄끄러운 분위기는 단숨에 날아가 버렸는……데…….

"어라?"

고양이와 맞닿을 수 있는 카페……인데, 리욘이 다가가자 고양이가 도망쳤다.

"얘~. ……어라~?"

그렇게 넓지 않은 공간이다. 거기에 고양이 열 마리 정도가 **출근**했는데…….

"아, 이 애라면…… 아니, 잠깐만?!"

전혀 상대해 주지 않는 듯한 낌새였다.

강아지풀도 들고, 게다가 접수처에서 추가 요금까지 내고 간식까지 가져왔는데도 불구하고.

"아키 군! 이 애들 사람을 싫어하……나? 어라? 아키 군 주위에는 잔뜩 있네?!"

"아하하…….."

그렇다.

리욘이 다가가자 도망친 고양이들은 시설을 한 바퀴 돌아 내 주위로 왔다.

내가 앉아 있는 소파 팔걸이 위나 발치에 모여서 느긋하게 지내고 있다.

손을 뻗어도…….

"오, 귀엽네."

"치사해!"

도망치기는커녕, 오히려 다가왔기에 그대로 쓰다듬어 주었다.

"오오……."

근처에 있던 고양이도 보채는 듯이 다가와서는 몸을 기댔다.

"잠깐만. 왜 아키 군만?!"

리온은 충격을 받고 굳어 버렸지만, 다가오면 고양이가 도망칠 거라 생각했는지 부러워하면서도 제자리에서 움직이지 않고 있었다.

그러던 와중에 고양이가 내 무릎 위에서 배를 드러내며 쓰다듬으라는 듯이 보채고 있었다.

"왜?! 아키 군이 쓰다듬어 주는 게 그렇게 좋은 거야?!"

"그냥 우연히 기분이 좋았던 것 같은데……. 자."

리온은 내가 불렀는데도 한순간 망설이다가 결국에는 참지 못하고 다가왔다.

다섯 마리 정도 있던 고양이들 중 절반은 곧바로 일어나서 떠나갔지만, 두 마리는 근처에 남아 주었다.

내 무릎 위에서 느긋하게 있던 고양이도 약간 경계하면서, 리온이 손을 뻗더라도 거부하지는 않고 있었다.

"만져 볼래?"

"응……. 와아~! 귀여워! 이 애한테 간식 전부 줄 거야!"

알아보기 쉽게 신이 난 것 같았다.

내 무릎 위에 있는 고양이를 귀여워하고 있기에 리온도 꽤 가깝게 다가왔다고 해야 하나……. 고양이에 정신이 팔려서 내 가랑이 쪽으로 얼굴을 그대로 들이댔을 정도다.

본인이 의식하지는 않은 것 같지만…… 뭔가 머리카락에서 좋은 냄새가 나네…….

하지만 본인은 정말로 고양이에게만 정신이 팔린 모양이라…….

"와~! 이 애! 쓰다듬어도 화를 안 내~!"

리욘은 내 무릎 위에 있던 고양이를 쓰다듬었다.

나한테도 손이 살짝씩 닿기도 했다. 닿은 곳이 별로 바람직하지는 못했지만, 괜히 언급했다가 껄끄러워질 것 같았기에 참을 수밖에 없었다.

옆에 남아 있던 다른 고양이를 쓰다듬으면서 마음을 가라앉혔다.

"다행이네. 쓰다듬을 수 있는 애가 있어서."

"응! 간식을 낭비해 버릴 뻔했으니까~."

리욘은 컵에 들어있던 간식을 스푼으로 떠서 고양이에게 주었다.

고양이를 귀여워하는 미소녀. 그림 같은 구도였다.

"그건 그렇고."

"응?"

간식을 다 주고 나서야 고개를 든 리욘이 이쪽을 올려다보았다.

무릎 위에 있던 고양이가 도망쳤지만, 간식을 다 줘서 그런지 리욘도 미소를 지으며 바라보고 있었다.

그리고…….

"나, 꽤 아슬아슬한 곳을 만졌지?"

"……."

왜 일부러 그런 말을 하는 건데…….

"으아아아아. 그게 아니야, 아키 군?! 내가 딱히 그런 여자인 건 아니고…… 저기, 사실은 좀 더……."

"알겠어! 일단 진정하라고! 고양이나 다른 사람들이 놀라니까."

리온이 당황한 탓에 주위 사람들이 주목하고 있었다.

당연히 근처에 있던 고양이들은 모두 어디론가 사라져 버렸다.

"으으…… 아키 군, 그래도 오해하지 말아 줄래?"

"고양이에 정신이 팔렸다면 어쩔 수 없으니까……. 다음 에리어로 가자."

"응."

약간 껄끄러워지기도 했고, 애초에 고양이에게 줄 간식도 다 떨어졌기에 재빨리 다음 에리어로 향했다.

◇

"와아! 대단해! 대단해!"

"오오……."

다음 에리어에는 약간 비일상적인 광경이 펼쳐져 있었다.

이구아나가 자유롭게 돌아다니고, 유리 너머에는 커다

란 도마뱀이 느긋하게 쉬고 있는 모습이 보인다거나, 주위에는 귀여운 생물들이 우리 안에 있기도 했고…….

"저거 봐, 아키 군! 올빼미!"

"저것도 풀어놓고 키우는 느낌인가?"

일단은 퍼치라 불리는 발판에 끈으로 묶여 있긴 했지만, 딱히 우리나 유리 칸막이 같은 걸로 막혀 있지 않아서 만져 볼 수 있었다.

만져도 된다고 했기에 만져 보았는데…….

"어……, 손가락이 이렇게 많이 들어가는구나…….'"

"정말이네! 푹신푹신해!"

보기보다 날씬하다고 해야 하나, 머리를 쓰다듬으려고 손가락을 댔더니 손가락이 푹 들어갔다.

조금 놀랍기도 했고, 감촉이 푹신푹신한 게 기분 좋았다.

"오, 역시 아키 군이 쓰다듬어 주는 건 인기가 좋네?"

살펴보니 올빼미도 눈을 가늘게 뜨며 손 쪽으로 머리를 들이밀고 있었다.

사람을 잘 따르는 귀여운 애다.

"올빼미 말고도 많이 있지?"

"응! 고슴도치도 귀여워~."

고슴도치는 위쪽으로 도망치지 않는지 나무 틀로 둘러싸인 공간을 위쪽에서 들여다볼 수 있게 되어 있었다.

개체마다 만지는 걸 싫어하는 경우가 있는 것 같았고, 가끔 바늘을 곤두세워서 몸통박치기를 하는 경우도 있는 모양이었기에 가죽 장갑이 마련되어 있었다.

"고슴도치는 얌전한 이미지였는데 공격도 하는구나."

"공격이라기보다는 방어의 연장선상……인 것 같은데."

다치면 게임하는데 지장이 생긴다는 이유로 가죽 장갑을 끼고 쓰다듬었다.

다행히 쓰다듬은 애는 그렇게 싫어하지도 않았고, 가죽 장갑에 코를 킁킁대며 들이대고는 냄새를 맡으러 다가오기도 하면서 우호적인 모습을 보였다.

"아키 군, 저쪽은 안 가도 돼?"

리욘이 그렇게 말했다.

그녀가 손가락으로 가리킨 쪽에는 커다란 도마뱀이 있는 방이 있었다.

창문이 달려 있어서 안을 볼 수 있게 되어 있었고, 척 보기에도 커다란 도마뱀이 여러 마리 보였다.

"리욘은 저런 거 괜찮아?"

"어? 괜찮을 것 같은데."

그럼 다행이고.

왠지 파충류 쪽에는 저항이 있는 사람이 많을 것 같아서 꺼렸는데. 1미터가 넘는 도마뱀이니 가슴이 두근거릴 수밖에 없다.

유리 쪽으로 다가가 보니…….

"오오……."

가까이 가보니 생각보다 컸다.

이 정도면 거의 공룡 같은 차원 아닌가? 그런 생각까지 들었다.

아마 꼬리 끝까지 합치면 리욘과 크기가 별 차이가 없을 것 같은 느낌이다.

"대단하네……."

"후후. 좋아하는구나? 아키 군."

"이건 당연히 흥분되지."

그렇게까지 많이 움직이지는 않았지만 우아하게 쉬는 모습만 봐도 박력이 있었다.

그러나 싶더니 나무를 천천히 올라가거나, 땅바닥을 느릿느릿 걸어가는 모습을 보이기도 해서 계속 보고 있어도 질릴 것 같지 않았다.

"뭔진 알겠어. 그런데 아키 군의 움직임이 신경 쓰여서."

"내가 움직였어?"

"응. 도마뱀의 움직임에 맞춰서 고개가 돌아간다거나, 표정이 바뀌는 게 귀여운 것 같아."

"귀엽다고……."

"아, 미안해. 안 좋은 의미가 아니라."

마음에 걸린 건 그게 아닌데……. 리욘에게 들키지 않았다면 다행이다.

그대로 둘러대야겠다.

"그렇게 많이 움직였어?"

"어? 응. 폴짝폴짝 뛰는 것 같던데."

"그냥 놀리는 거 아니야?"

"아니라고~!"

그런 이야기를 주고받으며 그 이후로도 신기한 생물과의 만남을 둘이서 함께 즐겼다.

◇ [리요 시점]

"즐거웠어—."

집에 가는 길.

혼자서 걸어가며 그런 말이 새어 나올 정도로 만족도가 높았던 것 같았다.

"그런데……."

신경 쓰이는 것도 있다.

특히 리요가 걱정하던 것은…….

"친척…… 정말로 괜찮을까?"

오늘 데이트가 잘 풀린 건 틀림없이 그 친척 덕분이다.

리요는 그것에 대해 고마워하고 있긴 하지만…….

"나하고 똑같은 타입인 옷이라니……."

리요는 이런 옷을 생김새만으로 고르는 사람은 별로 없을 거라 생각했다.

자신의 경우를 완전히 무시하고 있긴 하지만, 그 생각이 대충은 맞았다.

다행인 것은 아키토가 네네에게 연애 감정이 전혀 없고,

네네도 마찬가지라는 점이다. 적어도 지금은.

하지만 그런 사정을 모르는 리요에게 있어서는 역시 신경 쓰일 수밖에 없는 문제였다.

"아니, 아니. 애초에 내가 딱히 뭐라고 할 만한 입장은 아니지만……."

친구 이상의 관계가 되고 있다고 자각하고 있긴 하다.

첫 만남 때 선을 넘으려 했다는 실적이 그런 마음을 증폭시키고 있었다.

그렇기 때문에 그런 생각이 확정되지 않은 리요의 마음속에서도, 어느 정도 독점욕 같은 것이 싹트고 있었던 것이다.

"나는 나대로 **그런 관계**가 되는 게 문제가 될 것 같기도 하고, 딱히 속박하고 싶은 건 아니지만……."

그래도…… 하고 말을 이었다.

"1등이 되고 싶긴 하네에."

아이돌의 본질일까, 본인의 성격일까.

리요의 자기분석에 따르면 자기 말고 그런 상대가 있다 하더라도 신경 쓰지 않을 거라고 판단했다.

아무튼 자기가 1등이라면 만약에 다른 상대와 자더라도 잔소리를 하지 않을 것이다.

반대로 말하자면 지금 이 순간, 자신이 아키토의 마음속에서 어떤 위치에 있는지 모르는 이 상황이 답답했다.

"오늘도 묘하게 거리를 둔 것 같은데……."

오늘 데이트 때는 손을 잡은 것 이상의 스킨십은 발생하지 않았다.

눈이 가까이 있던 적이 있긴 하지만, 리요에게 거리를 두었다고 생각하는 것도 무리가 아닐 정도의 거리감이 느껴졌다.

실제로 아키토의 성격을 고려하면 **진전**이라 할 수 있겠지만, 당사자인 리요가 눈치챌 수는 없었다.

"역시 질려서……. 아니, 그래도 데이트를 하러 가자고 해준 건 사실이니까……."

그렇게 중얼거리며 집으로 가는 길을 걸어갔다.

다행이라고 해야 할까, 리요가 사는 아파트까지 가는 길은 사람이 별로 없고 이런 시간에는 혼잣말을 하더라도 상관이 없지만, 그런 상황이었기에 리요는 더욱 뜨겁게 타오르고 있었다.

"그건 그렇고, 조금 부러웠지……."

리요는 동물들을 보고 있자니 자기도 쓰다듬어 줬으면 한다는 마음이 솟구치긴 했지만, 요구하지는 않고 하루를 마쳤다.

"으으, 좀 더 은근슬쩍 타이밍을 잡았다면 해주지 않았을까?!"

리요가 그렇게 한탄했다.

아키토라면 부탁했을 때 해줬을 거라는 리요의 예상은 빗나가지 않았다.

아키토라면 그렇게까지 신경 쓰지 않았을 것이다.

그리고 그 사실을 어렴풋하게 눈치챈 리요는 다른 결론에 도달했다.

"어라? 잠깐, 그 정도라면 그 친척 애한테도 해주지 않았을까⋯⋯."

한 바퀴 돌아서 다시 걱정.

"아니, 아니지. 그래도, 쓰다듬어 주는 것 정도야 뭐 아무것도 아니니까⋯⋯."

그와 동시에 자신을 타이르는 듯이 변명을 늘어놓기 시작했다.

"오늘 태도로 봐서, 아키 군 아직 그런 경험 없을 테고."

하지만⋯⋯.

"지금 당장 뭔가 수상쩍은 관계가 되더라도, 언제 그렇게 되더라도 이상할 게 없어⋯⋯. 아니, 나를 거절하긴 했지만, 좀 더 강하게 밀어붙이는 애가 있다면 분위기에 휩쓸리더라도 이상할 게 없어!"

그 부분에 대해서도 리요의 예상은 거의 빗나가지 않을 것이다.

아키토는 막상 중요한 순간에서도 거절할 마음이 있긴 하지만, 물리적으로 들이댔을 때 억지로 뿌리칠 만큼 비정해지지도 못한다.

애초에 어떻게 하다 보니 호텔까지 가본 적이 있다는 점이 리요의 걱정을 부채질했다.

나는 거절해 놓고! 리요가 마음속으로 그렇게 외쳤다.

아키토는 아무것도 하지 않았는데도 불구하고 리요의 마음속에서 죄가 더욱 무거워졌다.

"그래도……."

머릿속에 펼쳐진 이런저런 것들을 일단 가라앉히기 위해서 멈춰선 다음에 생각을 정리했다.

"우선 아키 군하고 평범하게 이야기를 나눌 수 있게 되어서 다행이야."

혼자서 가슴에 손을 얹고 생각에 잠겼다.

친척 아이의 존재가 신경 쓰이긴 하지만, 오늘의 데이트가 성립하는 것에 친척의 기여가 필수적이었다는 점도 이해하고 있었다.

그렇기 때문에 가벼운 질투 같은 마음을 품으면서도 강하게 불만을 품지 못했고, 그 결과로 혼자서 답답하게 지내는 날이 늘어나게 되지만……. 일단 오늘은 행복한 만족감을 느끼며 집으로 가는 길을 걸어갔다.

◇ [네네 시점]

"아하하~, 웃기다~."

노래방 내부, 이마시타 네네의 목소리가 울렸다.

"이봐, 이봐, 왠지 마음이 전혀 안 담겨 있는 것 같은데."

"그렇지 않아~."

그렇게 말하면서도 이마시타 네네는 데이트에 영 집중하지 못하고 있다는 사실을 자각하고 있었다.

　상대방은 키가 큰 연상 훈남.

　평소와 비교해도 수준이 결코 낮지 않은 사람이고, 배려도 잘하는 편에 이야기도 잘 이끌어나간다.

　평소였다면 분명히 분위기가 무르익어서 사귀는 단계까지 나아갈 만한 상대였을 것이다.

　"괜찮아? 몸이 좀 안 좋나?"

　"음……"

　네네는 이것저것 생각하는 것보다는 기본적으로 직감에 몸을 맡긴다.

　그 직감에 따라 남자에게 이런 질문을 던졌다.

　"선배, 요즘 여자애들이랑 얼마나 놀아?"

　"어?"

　갑작스러웠다. 남자도 당연히 당황했다.

　하지만 지금은 노래방에서 단둘이 있다는 분위기이기도 했기에 남자는 그 질문을 기회로 여기고 받아들였다.

　"뭔데, 뭔데? 신경 쓰여?"

　"뭐, 그렇지~."

　네네가 빨대를 물면서 말했다.

　"귀엽네. 어디 보자…… 이런저런 사람들하고 놀긴 하는데 네네가 제일 귀여워. 아니 진짜로, 네네가 놀자고 하면텐션이 올라간다고."

남자도 기분이 좋아져서 음료수를 들며 거리를 좁혔다.

네네가 원하는 말과 행동은 아니었지만, 거부할 정도까지는 아니었기에 그대로 계속 말하라고 재촉했다.

"몇 명? 어떤 사람이 있는데?"

"어~? 신경 쓰이나 보네~."

네네는 사귀는 상대가 있을 때 다른 이성을 만나지 않고, 그런 부분을 확실하게 지키고 있다. 그 결과, 서로 찜만 해두는 관계였고, 데이트는 오랜만이다.

그런 타이밍에서 네네가 그렇게 질문하니 남자로서는 그린라이트라고 느끼기에 충분했다.

네네에게 그럴 생각이 있는지는 제쳐 두고.

"그럼 전부 솔직하게 말하겠는데, 요즘 자주 만나는 사람은 세 명이야. 수족관에 가거나, 플라네타륨을 보러 가거나, 다들 건전하게 놀지. 나는 성실하니까."

"흐응~."

"질투하는 거야? 네네가 말만 하면 네네만 만날 건데?"

남자가 어깨동무를 하면서 네네에게 다가섰지만, 네네의 위화감은 강해지기만 했다.

지금까지였다면 아마 데이트를 하자고 불러낼 만한 사람이 독점욕을 부추겼다면, 일단 잡아 두려 했을 것이다.

하지만 지금 네네에게는 남자의 도발이 통하지 않았다.

"후후. 지금은 아직 괜찮을 것 같은데."

"뭐~?"

어깨동무를 하려던 남자를 슬쩍 피하며 네네가 그렇게 말했다.

"그건 그렇고, 모처럼 노래방에 왔으니까 노래하자~."

"왠지 오늘 네네는 평소보다 이해가 잘 안 가네."

네네는 자기 스스로도 자각하고 있었기에 아무런 말도 하지 못하고 둘러대려는 듯이 곡을 예약했다.

"노래라도 안 부르면 못해 먹겠다고!"

"이해는 잘 안 되지만, 맞춰 줄까……."

남자도 이미 섣불리 손을 댈 만한 타이밍이 아니란 걸 알고, 번갈아가며 곡을 예약하면서 평범하게 노래방을 즐기게 되었다.

"오빠는 잘 하고 있으려나?"

상대방이 노래하는 동안에는 탬버린을 치면서 분위기를 띄우고 있기에 네네의 혼잣말은 적절히 소음에 묻혔다.

"어제 느낌으로는 왠지 잘 될 것 같았단 말이지~."

네네가 빨대에 입을 대며 혼잣말을 중얼거렸다.

잘 되었으면 하는 마음과, 그렇게 되었을 때의 답답함이 뒤섞인 듯한 마음 때문에 끙끙대던 동안, 네네 자신이 눈치채지 못했던 부분이 있었다.

그리고 그 이상으로…….

"그래도 오빠가 다른 사람의 것이 된다고 생각하니……, 가슴이 조금 두근거리네."

처음으로 **오빠**를 **남자**로 인식하기 시작한 결과, 네네의 복잡한 감정은 이상한 방향으로 성장하려 하고 있었다.

혀를 할짝이며 속삭인 네네의 말은, 물론 아키토의 귀에 들리지 않았다.

하지만 적어도 그날, 네네에게 있어서 아키토는 그냥 오빠가 아니게 된 것 같았다.

친한 친구의 진짜 모습

"그러고 보니 그 콜라보 카페는 어땠어?"

게임 내부의 보이스 채팅 기능을 통해, 리욘보다 더 자주 들은 목소리가 울렸다.

리욘과 마찬가지로 게임을 통해 알고 지내게 된 귀중한 친구, 닉네임은 '생선구이 정식'.

목소리만 알고 있기에 뭐라 말하기 힘들지만, 아이콘의 이미지까지 합쳐서 생각하면 싹싹하고 통통한 남자가 연상되는 느낌인 목소리였다. 아무튼 성격이 밝고 이야기하기 편한 남성 친구다.

"콜라보 카페는 적당히 즐기다 왔어. 그래도 한 번에 전부는 힘들더라."

"오. 어라? 혼자 갔어?"

"아니, 혼자 가긴 힘들어서 리욘에게 부탁했는데――."

"리욘하고?! 여자애랑 갔단 말이지~. 꽤 하네."

"아니……."

카페 다음이 너무 충격적이라 이 정도에 놀랄 거라는 생각 자체를 못했다.

아니, 뭐, 반응이 조금 호들갑스럽다는 건 부정하기 힘들긴 한데.

"그렇구나. 그런데, 리욘 씨하고 그 이후에는……? 데이

트를 하러 가서 아무것도 안 하진 않았겠지? 벌써 약혼까
지 한 거야?!"

"그럴 리가 없잖아!"

폭주하는 생선구이 정식에게 태클을 걸었다.

뭐, 이것도 평소 모습이라고 할 수도 있겠지만…….

"뭐, 그건 그렇다 치고, 데이트는 어땠는데."

"아니, 일단은 괜찮은 느낌이었던 것…… 같아…….."

그 다음 단계까지 나아갈 뻔했다는 말은 할 수가 없지
만, 그래도 뭐, 괜찮은 느낌이라고 할 만한 정도로는 분위
기가 좋았던 것…… 같다.

두 번이나 데이트를 했고, 다음에도 어딘가 가자고 했으
니까.

"흐음, 흐음. 아키, 알겠어? 잘 들으라고."

"뭔데."

"아키. 인생에는 인기절정인 시기가 있다고 하잖아. 이
번 기회를 놓치면 다음 기회가 언제 올지 모른다고? 리온
씨는 나도 어떻게 생긴지는 모르겠지만, 엄청나게 착한 애
야! 이대로 GO할 수밖에 없다고!"

팍팍 들이대네.

아니, 애초에 생선구이 정식은 그런 경험이 있을 만한
이미지가 아닌데…….

"그건 상대방에 따라 다르겠고, 뭐, 우선은 친구 관계라
도 괜찮다고 해야 하나…….."

"정말로?"

"어?"

"정말로 그렇게 생각하는 거야?! 생각해 보라고! 만약에 리온 씨가 다른 남자에게 함락당한다면……! 아, 안 되겠어. 난 내 경우가 아니더라도 NTR은 지뢰라고!"

"그쪽이 먼저 꺼낸 이야기잖아?!"

여전히 정신 없는 녀석이다.

내 사고가 따라잡기도 전에 진도를 팍팍 나간다.

"그건 그렇고 설마 그 아키가 여자애와 맺어지게 될 줄이야."

"이것저것 태클을 걸고 싶긴 한데……. 애초에 내가 그렇게 여자를 멀리하고 사는 것 같아?"

"그래. 그렇다니까."

곧바로 대답이 돌아왔다.

"어째서……."

"음…… 흘러 넘치는 동정 아우라가 있단 말이지. 좋은 의미로."

"뭐든지 좋은 의미라는 말을 덧붙이면 해결될 거라 생각하지 말라고."

화면 너머로 생선구이 정식의 아이콘을 노려보았다.

"아니! 아니! 진짜로 좋은 의미로, 뭐라고 해야 하나. 여자애들이 달려들어도 끝까지 관철할 것 같은 강철의 의지가 팍팍 느껴져."

예리하네…….

쓸데없는 반응은 안 해야지.

"아~, 이왕 이렇게 된 거, 아키! 나하고도 오프라인에서 만나지 않을래?"

"어……?"

"리온 씨하고도 만났다면 아키는 오프라인 쪽 관계도 껄끄럽지 않은 거지? 어때?"

"그쪽도 괜찮은 거야?"

"평소에는 안 만나지만 말이지. 아키라면 좋아."

"이유가 뭔데……, 뭐, 상관없긴 하지만."

"그럼 일정을 정해 볼까!"

기세에 밀려서 만날 약속을 정하게 되었다.

물론 싫지는 않고, 오히려 어떤 사람인지 만나 보고 싶은 마음이 더 강하다.

곧바로 일정을 잡은 나는 인생에서 두 번째 오프라인 모임을 하게 되었다.

"그건 그렇고, 생선구이 정식……. 현실에서는 뭐라고 불러야 하려나…….."

그렇게 딱히 중요하지도 않은 생각을 하며 약속 날짜가 오기를 기다리게 되었다.

◇

"전혀 안 보이는데……."

리옹 때와는 달리 그렇게까지 사람이 많지 않은 역이다.

사람을 만나러 나온 것 같은 사람이 몇 명 보이긴 하지만, 생선구이 정식처럼 보이는 사람은 보이지 않았다.

그렇게 생각하고 있었는데…….

"오, 여기야, 여기~."

"어……?"

근처에 있던 남자가 말을 걸었기에 그쪽을 보았다.

척 보기에도 눈이 마주치고 있었다.

다른 사람을 착각한 건가 싶어서 주위를 보았지만, 아무래도 그 대상은 나밖에 없는 것 같았다.

"저기……."

다가온 그 남자에게 대답하자…….

"아, 그렇구나. 아키, 나라고! 생선구이 정식."

"뭐……?"

목소리와 얼굴이 너무 안 맞는다.

아니, 그게 아니다. 아이콘이 생선구이 정식과 그것을 먹는 통통한 남자 그림이었기에 이미지가 굳어 있었다.

그런 기존의 이미지와 금발 훈남이라는 위화감.

날씬하면서도 근육질에 키도 크지만, 위압감이 느껴지지 않는 시원스러운 분위기를 풍긴다. 외국인처럼 생긴 것 같기도 하지만, 이야기를 나눴을 때는 순수 일본인이라고 했었다.

잘 들어보니 통통한 사람의 목소리라기보다는 그냥 키와 몸이 큰 영향도 있는 것 같았다.

콧대가 오똑하고, 피부가 하얗고, 분위기도 그렇고, 나와는 다른 아우라를 뿜어내고 있다.

"놀라는 것도 어쩔 수 없지. 그래도 진짜라고."

"어…… 생선구이 정식의 이미지가……."

리온을 보고도 놀랐지만, 비슷한 수준이다.

그 두 사람이 나란히 서 있으면 저번에 내가 그랬던 것처럼 주위 사람들이 **이상하게** 주목하지는 않을 것 같다. 물론 주목하긴 하겠지만, 다른 의미로.

"왜 일부러 그런 아이콘을 쓰는데……."

"반대로 따지자면, 실제 사진을 아이콘으로 썼다면 어땠을까?"

"아~."

애초에 실제 사진이라는 시점에서 조금 꺼려지는 대상이기도 하니까.

하지만 만약에 이런 훈남풍 일러스트 아이콘이라고 해도 왠지 딱 어울리진 않았을 것 같다…….

"알겠어? 뭐, 멍하니 있지 말고 어디라도 가자고. 아무리 그래도 남자 둘이서 카페에 가는 건 좀 그러니까, 오늘은 몸을 좀 움직일까?"

"생선구이 정식의 이미지와는 너무 달라서 이제 어디로든 데리고 가달라는 기분이야……."

"좋았어~, 역에서 조금 걸어가긴 해야 하는데, 볼링을 치러 가자고. 그리고 현실에서 생선구이 정식이라고 부르기는 조금 길잖아. 다이고야."

"다이고……."

뭐, 그렇지. 생선구이 정식 씨라고 부를 수도 없으니 부르기 편한 이름을 가르쳐 줘서 다행이다.

"아키는 본명이야?"

"아니, 본명은 아키토. 어느 쪽이든 상관없어."

"뭐, 그 정도라면 아키라고 불러도 되겠지. 나도 위화감이 들 테고, 그 정도 차이라면 게임을 하다가 무심코 본명을 불러 버릴 것 같아."

"아……."

그렇긴 하겠네.

뭐, 그렇게 된 관계로 일단은 걸어서 볼링장으로 가기로 했다.

걸어가면서 다이고에게 물었다.

"이 역 근처에 살아?"

"그래. 지금은 도심 쪽으로 이사했는데. 친가는 이쪽이거든. 뭐든지 있어서 편리한 역이잖아?"

"그건 나도 잘 알아."

대도시의 역은 아니지만, 역 주변에 없는 걸 꼽는 게 빠를 만큼 뭐든지 있다. 오히려 땅이 넓은 만큼, 넓은 상업 시설이나 쇼핑몰 같은 것도 있어서 도쿄보다 쇼핑은 더 편리하기도 하다.

놀 때도 이용하고 쇼핑을 할 때도 자주 이용하는 편리한 역이다.

"그건 그렇고, 도저히 견딜 수가 없어서 와버렸는데, 용케도 만날 생각을 했구나. 별로 저항감 없는 타입이야?"

생선구이 정식, 다이고가 말했다.

"저항감……까지는 아니라고 해도, 애초에 만날 가능성이 있는 사람 자체가 별로 없어서. 뭐, 성격이 괜찮다는 건 알고 있었으니까."

"오, 그렇구나……. 왠지 쑥스럽네."

얼굴이 잘생겨서 그런지 무슨 표정을 지어도 멋진 게 치사하다. 아니, 원래 이미지와는 너무 달라서 어떻게 해야 할지 모르겠다.

이러쿵저러쿵 이야기를 나누면서 역 앞 거리를 벗어나 조금 들어가자 목적지인 볼링장에 도착했다.

"우선 세 게임이면 되려나?"

"그래."

다이고가 익숙한 솜씨로 용지에 기입을 마치고 접수를 하러 갔다.

"자주 와?"

"아니, 가끔~. 아키는 먼저 신발을 빌리고 있어."

분명히 자주 다니는 것 같은 느낌인데…….

볼링은 뭐, 기본적으로 벌칙이라도 정하지 않는 한 자신과의 싸움이 되는 경우가 많으니 상관없지만.

◇

"좋았어~!"

"야! 아무리 그래도 좀 봐줘라?!"

훈남은 기대했던 대로의 능력을 발휘했다.

세 게임을 마치자 거의 더블 스코어였다.

내가 못한다고 하기보다는 다이고가 너무 잘한다.

"200점은 처음 봤네……."

"아니~ 나도 이런 점수는 잘 안 나오거든."

진짜로 이상해…….

"그래서, 어떻게 할래?"

다이고가 웃으며 물었다.

처음 신청했던 게임은 이제 끝났으니 연장할 건지 물어본 거겠지만…….

"나는 슬슬 팔이 안 올라갈 것 같은데."

"나도 오랜만에 친 거라 마찬가지야……. 그래도 지기만 하는 건 싫지?"

심술궂은 미소를 지으며 나를 보고 있다.

하지만…….

"이렇게까지 차이가 벌어지고 나니까, 그런 의욕조차 없긴 한데……. 뭔가 생각이 있는 거야?"

"양쪽 다 자주 쓰는 팔은 피곤해졌잖아? 반대쪽 팔로 승부를 해서 지면 질문 하나에 대답하는 건 어때?"

"질문······?"

"데이트에 대해서 자세히 듣고 싶거든."

"나한테 이익이 있나?"

"이미 눈치챘겠지만, 나는 인기가 꽤 많아."

"때려도 돼?"

열받네, 이 훈남.

"잠깐만, 잠깐만, 보아하니 아키에게는 내 비전의 테크닉이 유용할 거라고."

"테크닉······?"

어떤 분야인지에 따라서는 분명히······. 아니, 그게 아니지. 오히려 지금처럼 복잡한 상황에서는 어설픈 테크닉은 필요가 없을 것 같다고 생각했는데······.

"인기절정기라는 건 골치가 아프지. 필요가 없는 인연도 끌어당겨 버리니까. 그런 걸 거절하는 방법을 알아 두는 게 좋지 않을까?"

그렇게 나오는구나.

딱히 리욘 말고는 그런 상대가 있는 것도 아니니 실감이 들진 않는다.

하지만 왠지 다이고의 눈을 보니 직감적으로 알고 싶어져 버렸다. 훈남은 눈빛에도 설득력이 생기네······.

그리고 뭐, 어차피 나중에 밥이라도 먹게 되면 리욘에

대해서 알게 될 것이다.

그런 의미로는 애초에 손해가 없는 승부다.

"그래."

"좋았어~. 참고로 나 사실 양손잡이거든."

"야!"

결국 연장전으로 벌인 네 번째 게임에서 완전히 두들겨 맞고 나서 패밀리 레스토랑으로 가게 되었다.

그러고 보니 외모 때문에 기억에서 사라졌었는데, 생선구이 정식의 플레이 스타일은 이런 속임수를 정말 좋아하는 편이었다.

눈치챘을 때는 이미 늦은 상황이었다.

형편 좋은
지뢰계 그녀와
몸뿐인
관계를

집 데이트

"아야……."

팔을 들기가 힘들다.

원인은 틀림없이 생선구이 정식――다이고와 했던 볼링이다.

오른팔도 세 게임 연달아 하다 보니 대미지를 입고, 평소에 잘 쓰지 않던 왼팔은 단번에 근육통이 온 모양이다.

"운동을 좀 해둘 걸 그랬나……."

결국 그 이후에는 패밀리 레스토랑에서 별것 아닌 이야기를 하다가 적당히 해산하게 되었다.

물론 리온에 대해서 이것저것 질문당하긴 했지만, 말할 수 있는 범위 이내에서 솔직하게 말한 결과…….

"집으로 부른다……라."

다이고의 제안.

집으로 부른다고 하면 거창한 느낌이긴 하지만, 지금까지 리온과의 거리감을 말하자 애초에 기합을 넣고 어딘가에 데리고 가는 것보다 마음 편히 놀 수 있는 게 더 나을 거라고 했다.

마음이 잘 맞는 남성 친구 녀석들과 노는 느낌으로 하면 그게 더 마음이 편할 거라고 했다.

"맞는 말인 것 같긴 한데……."

막상 초대하려고 하니 허들이 꽤 높다.

아니, 뭐, 흑심을 의심당하기엔 처음 만났을 때 상대방이 허들을 넘어 버렸으니까. 신경 쓰지 않아도 될지 모르겠지만……. 오히려 불러 놓고 그럴 생각이 없다는 게 통하긴 할지…….

다이고와 의논할 때도 그런 뉘앙스를 정확하게 전달할 수가 없기에 의미가 없었다.

그냥 이야기를 하면 아마 너무 신경 쓰는 거라고 말할 것이다.

──띵동.

『아키. 리온 씨에게 연락했어?! 이런 건 스피드 승부라고!』

알림을 듣고 보니 다이고에게 연락이 와 있었다.

용케 눈치챘다고 해야 하나, 뭐라고 해야 하나…….

『지금 할 거야.』

『파이팅!』

이해가 잘 안 되는 이모티콘이 잔뜩 왔다.

그건 일단 제쳐 두고, 제대로 초대해야지.

"……."

다시 처음으로 돌아왔다.

아니, 이제 그냥 기세에 몸을 맡기고 초대하자.

『혹시 다음에 우리 집에 올래?』

그냥 그렇게만 보냈다.

"오⋯⋯."

금방 읽음 표시가 떴다.

그리고⋯⋯.

『그래도 돼?! 갈래!』

곧바로 대답이 돌아왔다.

『게임할 거면 집에서 해도 괜찮겠다 싶어서.』

『그러게~. 다음 토요일이라면 갈 수 있는데, 어때?』

『괜찮아.』

『앗싸. 그럼 그날 보자!』

어떻게든 되었구나⋯⋯.

왠지 싱숭생숭하네⋯⋯.

"이럴 때는⋯⋯."

게임이라도 하면서 우리 집에 왔을 때에 대해 생각 해둬야겠다.

◇ [리요 시점]

"으엑?! 이거 진짜로⋯⋯?"

아키의 갑작스러운 초대에 마에다 리요는 당황하고 있었다.

"이건 그런 뜻⋯⋯ 아니, 그래도 아키 군이니까⋯⋯. 아니, 그래도 집 데이트라는 거잖아?!"

선을 넘겠다는 뜻일까, 아니면 그냥 집에서 놀고 싶다는 동성 친구 같은 경우일까…….

아마 후자일 것이다.

하지만 어찌 됐든, 당황스러운 것보다 더 기쁘다는 사실을 스스로도 자각하고 있었다.

"우, 우선, 바로 답장을 보내야지!"

거의 곧바로 가겠다고 대답한 다음, 일정까지 정했다.

그리고서 새삼 집에 초대된 의미를 생각해 보았지만…….

"양쪽 다 그럴싸한데."

관계를 진전시키기 위한 초대일까, 아니면 그냥 내용 그대로일까…….

리요는 냉정히 확률을 따져 보고 아마 2대8 정도……? 그렇게 예상했다.

"아니, 그래도, 만에 하나, 그 2할 쪽에 걸린다면……."

옷장을 열고 옷을 살피며 생각했다.

집에 간다면 자연스럽게 무방비해지는 순간을 고려해야만 한다.

가슴이 너무 드러나 있으면 슬쩍 보일 수도 있고, 치마는 방심하면 속옷이 보인다.

어떤 각도에서 찍히더라도 괜찮게끔 코디를 받을 기회가 많기에 그런 부분은 평소에도 의식하며 짤 수가 있게 되었다.

"집 데이트에서 빈틈이 전혀 없는 건 좀 그럴 테고…….

아니, 그래도 아키 군이 그럴 생각인지 아닌지는 빈틈이 없는 편이 더 알아보기 편할 텐데…….”

이것저것 생각하다가 이것도 아니다, 저것도 아니다, 그렇게 옷을 끄집어낸 다음에 침대 위에 늘어놓았다.

“어떻게 하지~. 아예 몸을 탐내는 거면 야한 걸 입고 갈 텐데~.”

자포자기하는 심정으로 그렇게 외치기 시작했다. 혼자서 살고 있으니 어느 정도 소리를 쳐봤자 아무도 듣지 않는다.

그렇기 때문에 혼잣말이 늘고 있다는 고민도 있긴 하지만, 지금은 상관없을 것이다.

“저번처럼 내가 또 들이댔다가는 정색만으로 끝나지 않을 테고……. 으으으…….”

처음에 너무 지나치게 공세에 나섰던 반동.

애초에 지금 생각해 보니…….

“내가 어떻게 그런 짓을 할 수 있었던 거지…….”

지금 리요에게 똑같은 행동을 하라고 하더라도 아마 힘들 것이다.

한번 거절당했으니까, 그런 심리적인 허들을 제쳐 두더라도 마찬가지다.

호텔로 가자고 제안했던 흐름을 다시금 떠올려 보려 했지만…….

“못해, 못해, 못해, 못해!”

리요는 아무도 없는데도 고개를 마구 저으며 온 힘을 다해 부정했다.

얼굴은 이미 새빨갛게 물들어 있었다.

"으......."

아마 다른 사람들보다는 조숙한 어린 시절을 보냈다고 생각한다.

어른들이 주고 받는 대화를 가까운 곳에서 느껴왔기에 나도 언제까지나 순결을 지킬 수는 없을 것이라고, 애초에 지킬 이유도 없다고도 생각했다.

딱히 안 좋은 의미가 아니라, 나이를 고려하면 다른 사람들처럼 교제를 하는 과정에서 **그런 일**로 발전하는 것도, 어쩔 수 없다고 생각했다.

그리고 그 상대는 이왕이면 스스로 고르고 싶어서......

"아, 그래서 아키 군이었던 건가?"

자기 일이지만 이해가 잘 안 되는 부분이 있다.

언제나 일(아이돌)은 열심히 해왔고, 지금도 열심이다.

이 감정도 배신이라고 하면 어쩔 수 없을 것이다.

그래도......

"죄책감이 없을 만한 상대에...... 그래도 처음으로 내가 선택한 상대였으니까......."

일 쪽으로 알게 된 사람도 아니다.

상대방 쪽에서 먼저 다가와 준 팬도 아니다.

전혀 다른 세계에서 알고 지내게 되어서 내가 만나는 걸

선택했던 이성.

그 시점에서는 딱히 육체**만의** 관계라면 아무런 배신도 되지 않을 것이라는 정도, 겨우 그 정도 상대라고 생각했었다.

"지금 이건 좀……. 뭐, 그래도 아직 뭔가 하지도 않았으니 그냥 남자 사람 친구고……."

복장의 변화 때문인지 리요 자신의 마음속에서 명확하게 선을 그어두고 있다.

아이돌인 마에노 리요가 아니라 게임 친구인 리욘으로서의 관계.

그리고 내가 바쁘다는 걸 고려하면 기회도 그렇게 많지 않을 거라 생각했다.

그렇기 때문에 그런 목적으로 만나지 않았던 아키토에게 어느 정도나마 집착하는 마음이 싹튼 것이다.

물론, 마음이 잘 맞는 게임 친구와 놀고 싶다는 마음이 더 크긴 하지만.

"요즘은 시간이 꽤 나고 있긴 했지만, 언제 바빠질지도 모르고……."

학습 능력이 뛰어난 덕분에 곡과 안무를 금방 익히는 리요는 준비 기간의 유예가 비교적 긴 편이다.

그리고 원래 학생 아이돌이기에 그룹 쪽으로도 스케줄을 여유있게 관리해 주고 있다.

그럼에도 불구하고 인기를 유지할 만한 실력을 지녔다

고 할 수도 있지만.

"그건 그거, 이건 이거⋯⋯. 아니 딱히 지금 단계에서 고민할 필요는 없잖아."

이것저것 생각한 결과, 단순한 결론에 도달했다.

"지금 관계(친구)에 맞추자."

분명히 같이 게임을 하고, 뭔가 좀 먹고, 그 다음이 있다면 그때 생각한다.

"애초에 골라야 할 만큼 옷이 많지도 않아!"

리요 같은 경우, 평상복⋯⋯의 정의가 애매하긴 하지만, 적어도 리온으로서 입을 옷의 종류는 많지 않다.

아니, 정확하게 말하자면 꽤 많긴 하지만, 그 차이가 거의 없다는 걸 리요가 확실하게 객관적으로 보고 있다는 뜻이다.

"속옷만큼은 제대로 위아래를 맞춰 입고 가야지⋯⋯."

만에 하나를 대비해서, 만에 하나를 대비해서⋯⋯. 리요는 그렇게 되뇌이며 준비를 해나갔다.

결론은 나왔다.

하지만 결국, 그 이후로도 리요는 뭘 골라 봤자 별다른 차이가 없다는 걸 자각하면서도 옷의 미묘한 차이를 신경 쓰다가 늦은 밤까지 옷을 고르게 되었다.

◇

"방 청소는, 이 정도면 되려나?"

잘 생각해 보니 혼자 살게 되고 나서부터 다른 사람을 부른 적조차 없었으니까.

이 나이에 혼자 사는 경우는 드물다.

학교에 입학하고 나서 아버지의 전근이 결정되었고, 어머님과 함께 이사를 간 결과, 나만 여기 남게 된 것이다.

원래 임대 아파트에서 살고 있었지만, 혼자서는 너무 넓기에 부모님이 이사하는 시기에 맞춰서 학교 근처에 있는 빌라로 이사 왔다.

예상 외로, 학교 친구들의 아지트가 되지도 않았기에 평화롭게 지내왔는데…….

"이럴 줄 알았다면 다른 사람을 초대하는 것 정도는 경험해 둘 걸 그랬네…….”

멋대로 찾아오는 네네는 예외다.

친가에서 살 때는 의식해 본 적도 없었지만, 그냥 살다 보면 과자는커녕, 차마저 다 떨어지는 경우도 많다.

정수기가 설치되어 있기에 따로 물을 사올 필요도 없고, 차도 가끔 끓여서 냉장고에 넣어 두면 되지만…….

"아무리 그래도 내올만한 뭐라도 사놔야 했는데…….”

생각해 봤자 이미 늦었다.

지금 사러 나가면 엇갈릴 가능성도 있고…….

"같이 사러 가자고 할까."

다이고가 말하기로는 집에 사람을 부르더라도 신경을

너무 많이 쓰지 않는 게 낫다고 한다.

집에 단둘이 있다면 오히려 상대방에게 설거지를 도와 달라고 하는 정도. 그런 것이 적당한 거리감을 만들어 준다고 했다.

다이고와 나눈 이야기를 떠올렸다.

◆

"알겠어? 반대로 생각해. 극진하게 대접해 주더라도 껄끄럽기만 하잖아?"

드링크 바에서 잘 알 수 없는 방식으로 섞어서 담아 온 음료수에 입을 대며 다이고가 그렇게 말했다.

배합은 실패한 모양이다. 눈살을 약간 찌푸리며 컵을 바라보고 있지만, 100퍼센트 자업자득이다.

"적당히 하면 된다는 거야?"

"정도껏."

다이고가 음료수를 포기하고 나를 보며 말했다.

"예를 들자면 같이 장을 보러 나가도 좋고, 같이 요리를 하고 정리를 하는 것도 좋아. 상대방이 자기 집처럼 편하다고 느끼게 만드는 게 중요하지."

열변이 이어졌다.

"식기가 있는 곳을 상대방이 파악하게 만들고, 음료수 정도는 자기가 따를 수 있게 하면 돼. 나중에는 아키가 없는 날에 멋대로 방에 있어도 신경 쓰지 않을 정도가 되면 또 언제든지 올 수 있게 되겠지?"

멋대로 레몬티를 두고 간 네네가 떠올랐다.

그 녀석은 분명히 그만큼 신경 쓰지 않으니 몇 번이나 왔을 것이다. 애초에 식기가 어디 있는지 알면서도 나한테 시키긴 하지만……. 그건 지금 신경 쓸 게 아니고.

하지만 리욘 같은 경우에는…….

"그래도 되는 거야……?"

"그만큼 마음이 편해지는 게 중요해. 하지만 처음만큼은 청소를 제대로 해두는 게 좋을 거야. 이러쿵저러쿵해도 모르는 녀석 집에 갑자기 갔는데 위생면에서 안 맞는다는 생각이 들면 끝장이니까."

다이고는 여동생이 결벽증 같은 느낌이라 항상 불평한다며 웃었다.

아니, 잠깐만…….

"다이고는 혼자 사는 거 아니었어?"

그렇다면 무경험자의 이야기니까, 방금 들은 이야기도 얼마나 믿어도 될지 모르겠는데…….

"뭐, 그렇지. 하지만 반대쪽 경험은 있는데?"

은근슬쩍 시원스러운 미소로 그렇게 말했다.

캐묻고 싶진 않네…….

다이고는 실패한 음료수를 포기하고 둘이서 주문한 감자튀김을 먹으며 말했다.

"오히려 이번에는 반대쪽 경험치가 더 중요하잖아?"

씨익 웃은 훈남의 눈빛에는 마찬가지로 알 수 없는 설득력이 있었다.

◇

"이제 와서 어떻게 해볼 수도 없으니, 다이고를 믿도록 할까……."

시키는 대로 청소만은 제대로…… 한 것 같다.

내가 아무리 청소를 해도 가끔 어머니가 오면 '여기가 지저분하다', '저기가 지저분하다'라고 하면서 대청소를 하고 가니 서서히 자신이 없어지긴 하지만…….

"이게 내 한계야……. 같이 장을 보러 가자."

그렇게 생각하고 있자니 휴대폰이 떨렸다.

"리온……?"

전화를 건 상대를 확인하고는 곧바로 전화를 받았다.

『여보세요?』

『아, 미안해. 조금 일찍 도착할 것 같아서 미리 전화했는데…….』

그렇구나.

『나는 이제 언제든 괜찮긴 한데, 마침 음료수 같은 걸 사러 갈까 생각 중이었어.』

『아, 그럼 같이 가자.』

집 주소를 알려 주었기에 바로 올 예정이었다. 하지만 상황을 보아하니 근처 슈퍼나 편의점에서 만나는 게 나으려나 했는데…….

──띵동~.

"어라……?"
『아하하. 와버렸어.』
그렇게 두껍지 않은 문이다.
전화기 너머에서도, 문 너머에서도 똑같은 목소리가 들렸다.
『잠깐만 기다려.』
전화를 끊고 현관문을 열었다.
"미안해. 사실 이미 도착했었거든."
리욘이 장난기 어린 미소를 지었다.
그 표정이 오늘 입은 옷과 잘 어울렸다.
검은 옷에는 평소보다 프릴이 잔뜩 달려 있었고, 어깨를 일부러 노출한 듯한 스타일.
머리카락도 검은색 리본을 이용해 하프 트윈 스타일로 만들었고, 화장까지 어울려서 마치 인형처럼 귀여운 느낌을 연출한 것 같았다.
"응?"
"아니, 머리 모양 귀엽다 싶어서."

"——윽?!"

아.

나도 모르게 입으로 말했네.

잘못한 건 아니지만, 왠지 껄끄럽다고 해야 하나, 쑥스럽다고 생각하고 있었는데…….

"으으, 기습은 치사하다고 해야 하나, 아키 군은 의외로 그런 구석이 있단 말이지."

"어…….''

나보다 더 부끄러워하는 사람이 있었기에 나는 무사했지만 이상한 **언어** 공격을 당하게 되었다.

어떻게 해야 할지 망설이던 나와는 달리 곧바로 마음을 다잡은 리온이 말했다.

"아, 맞다. 음료수 사러 갈 거지? 바로 같이 가자."

"아, 미안, 제대로 준비해 두질 못해서."

"아니야. 같이 과자 같은 것도 사버리자~!"

받아들여 준 것 같아서 다행이다.

그때, 뭔가 생각난 듯이 리온이 가방을 부스럭거리면서 뒤지나 싶더니…….

"아, 이건 선물이야! 나중에 같이 먹자?"

"그래, 고마워."

포장지에 들어 있는 과자를 받아들었다.

남자 친구 녀석들하고 그냥 놀기만 할 때는 일어나지 않는 이벤트구나, 이거……. 왠지 조금 긴장되기 시작했다.

"짐만 두고 갈래?"

"응! 고마워~."

그렇게 대화를 마치고 둘이서 근처 편의점으로 가게 되었다.

◇

"어서 오세요…… 아."

"아."

편의점에 들어간 순간, 점원과 눈이 마주쳤다.

몸집이 작고, 머리카락의 색은 알록달록한데다 귀를 포함해서 여기저기 피어스가 보인다. 올 때마다 만나는 점원이었다.

"안녕하세요~."

나른해 보이는 듯한 태도가 딱히 불쾌한 게 아니라는 걸알 정도로 여러 번 마주쳤던 상대다.

고개를 살짝 숙여서 인사한 다음, 장바구니를 들었다.

"아는 사이야?"

"응. 자주 와서 얼굴을 안다고 해야 하나, 서로 익혔지."

"호오…… 요즘 시대에 그런 느낌으로 점원하고 사이 좋게 지내기도 하는구나."

나도 그렇게 생각하……긴 하는데, 왠지 말하기 편한 아우라가 있다고 해야 하나…….

겉으로 보기에는 피어스나 머리카락 때문에 사나워 보이지만, 분위기는 작은 동물 같달까.

"뭐, 일단 음료수하고 과자를 사가자."

"응~!"

둘이서 눈에 띄는 걸 적당히 바구니에 넣었다.

차와 주스, 초콜릿과 감자칩……, 분명히 오늘 안으로 전부 먹지 못할 양이다.

뭐, 나중에 먹을 기회를 만들면 되겠지.

그렇게 이것저것 넣고 나서…….

"아, 미안, 잠깐 돈 좀 뽑아 올게!"

"아니, 이건 내가 살게."

"아니~. 같이 내는 게 좋아! 그러니까 기다려."

왠지 하는 짓마다 귀엽네……. 이번에는 소리 내서 말하지는 않았지만, 그런 태도도, 말투도, 몸짓도 귀엽다.

네네 덕분에 익숙해지지 않았다면 위험했을 정도다.

리온이 진짜로 그런지는 제쳐 두더라도, 외모를 보면 그런 걸 노릴 수 있는 약삭빠른 면도 있으리라는 아우라가 네네와 똑같다.

뭐, 그래서 이게 딱히 직접적인 호의로 이어지는 게 아니라는 건 알고 있었고, 곧바로 착각하지 않게 된 거지만.

"돈을 뽑아 오는 건 좋은데, 계산은 먼저 해둘게."

"미안해~! 금방 올 테니까!"

그렇게 이야기를 나눈 다음에 일단 헤어져서 점원에게

갔다.

한 명밖에 없으니 그 늘어진 듯한 여자애다. 명찰에 미야카와라고 적혀 있다는 건 예전에도 눈치챘지만, 일부러 자기소개를 나누진 않았다. 그런 사이다.

"아, 어서 오십쇼."

나른한 듯한 말투와는 달리 능숙한 솜씨로 봉투에 꼼꼼하게 물건을 담아 나갔다.

봉투는 쓰레기봉투로 쓰기에 매번 사고 있고, 이제 그런 확인도 하지 않게 되었다.

그런 미야카와 양이…….

"오늘은 항상 함께 있던 애가 아니다."

"어……?"

너무 갑작스러워서 깜짝 놀랐다.

그래도 이것 또한 평소대로라고 할 수도 있긴 한데.

"그 왜, 꽤 귀여운 느낌에…… 그래도 옷은 비슷함. 그런 취향임까?"

잡담치고는 꽤 많이 들이대는 듯한 느낌이긴 하지만, 왠지 기분이 불쾌해지지는 않는다고 해야 하나, 맞춰 주게 되는 분위기가 느껴졌다.

"두 사람 다 그런 관계 아냐. 애초에 한쪽은 친척이고."

미야카와 양이 말한 사람은 네네일 것이다.

여기 올 때 같이 오는 경우가 많긴 했다. 아니, 네네가 그만큼 우리 집에 자주 왔다는 뜻인가……?

"흐응~. 좋습다. 그럼 오늘 온 사람이 진짜 상대임까?"

"아니, 그런 건 아닌데……."

"흐응~."

그렇게 이야기를 나누다 보니 눈 깜짝할 새에 계산이 끝났다.

그러던 와중에 리욘이 다가왔다.

"미안해~. 얼마야?"

"아, 이검다."

마침 미야카와 양이 영수증을 내밀면서 그렇게 말했다.

"와, 감사합니다~. 집에 가면 바로 줄게!"

"그래. 그럼, 또 봐."

"네~. 또 보죠~."

여전히 나른해 보이는 미야카와 양과 헤어진 다음, 리욘과 함께 아파트로 돌아왔다.

◇ [리요 시점]

"점원분하고 정말 사이가 좋구나."

"아니, 나 말고 다른 사람들하고도 저런 느낌인데……? 담배를 사러 오는 아저씨하고도 친근하게 이야기를 나누곤 했고."

"그렇구나……."

집에 도착해서 숨을 돌리고 나자 리요는 방 전체를 둘러보았다.

혼자서 사는 빌라다. 그렇게 넓진 않다.

앉을 만한 곳은 있지만, 앉기만 하는 공간을 따로 빼두진 않았기에 침대나 카펫 위에 앉게 된다.

리요는 아키토가 권하는 대로 침대에 걸터앉았는데, 처음 와본 남자 집이다. 마음이 차분할 리는 없었고, 안절부절못하고 있었다.

아키토는 필요 없다고 했는데도 어머니가 두고 간 침대 커버가 도움이 되었다는 사실에 감사하며 홍차를 준비하고 있었다.

"그런데 오늘은 왜 갑자기 불러준 거야?"

리요가 침대에서 부엌을 향해 물었다.

아키토도 홍차를 준비하며 대답했다.

"음…… 딱히 이유는 없는데. 게임을 할 거면 이쪽에서도 괜찮지 않을까 싶어서."

다이고에게 이야기를 듣고 제안했던 거지만, 그것과는 달리 아키토도 자신의 의지로 그렇게 생각했다.

만나고 싶었을 뿐이기도 했고, 리요도 나름대로 불러주었을 때 망설임없이 오겠다고 대답할 만큼 둘 다 이유가 없더라도 만나고 싶어하는 관계가 되어 있었다.

"게임…… 정말 많이 있구나……."

두 사람이 만난 계기가 된 FPS 게임은 PC로 하지만, 리요도 그렇고 아키토도 게임이라면 뭐든지 다 좋아한다.

실제로 아키토의 집에는 생활 공간을 압박할 만큼 다양한 게임기가 늘어서 있었고, 고전 게임부터 최신 게임까지, 마음만 먹으면 어지간한 게임은 즐길 수 있는 환경이었다.

　학생이 혼자 살기에는 약간 사치스러운 넓이였지만, 그런 넓이를 어떤 의미로 유용하게 활용하고 있었다.

　"좋아하는 게 있으면 가르쳐 줘. 구경해도 되니까."

　"응."

　리요도 게임기와 소프트를 구경하면서 아키토를 기다렸는데…….

　"어! 이거 추억이다~!"

　"아~. 그렇긴 하네."

　"어, 이거 가지고 있었어?! 정말 많이 했었는데~."

　"그건 우리 세대라면 다들 해봤을 것 같은데."

　몇 년 정도 지난 게임을 발견하고는 그럴 때마다 부엌에 있는 아키토와 소감을 공유했다.

　아키토도 그럴 때마다 부엌에서 리요 쪽으로 고개를 내밀고 대답해 주었다.

　"비기가 너무 많아서 일반적인 플레이로는 승부를 낼 수가 없었지, 그거."

　"맞아~. 아, 이게 있다면 컨트롤러도 망가진 적도 있어?"

　"다들 팍팍 해대니까. 우리 집에 있는 컨트롤러만 다 합쳐서 5대째쯤 될 거야."

"진짜로? 장난 아니네……. 진짜다, 전부 깨끗하네."

리요는 그렇게 이야기를 나누던 와중에 점점 자기도 모르는 사이에 무방비해졌다.

아키토가 홍차를 챙겨서 방으로 돌아왔을 때는…….

"와~, 이런 것까지 있구나!"

바닥에 엎드린 채 게임 소프트에 푹 빠져 있던 리요와 그 모습을 뒤에서 바라보게 된 아키토.

아키토는 못 본 척, 탁자에 홍차를 내려 놓지만…….

"앗."

리요가 눈치채 버렸다.

아예 눈치채지 못하는 게 양쪽 다 행복했을 텐데, 껄끄러운 분위기가 흘렀다.

"아하하. 미안해? 보였어?"

리요는 치마를 입지 않을 생각이었지만, 애초에 리욘으로서 만나는 이상, 선택지가 거의 없었디.

그 결과, 평소처럼 그럭저럭 짧은 치마를 입었기에 바닥에 엎드리면 꽤 아슬아슬한 부분까지 올라가는데…….

"아니, 제대로 시선 돌렸거든."

"아키 군은 그런 구석이 성실하단 말이지. 아니지, 난 이미 속옷을 다 보여 줬구나."

둘러대면서 대충 넘기려고 한 말.

그럼에도 불구하고…….

"어라, 이제 와서 엄청나게 부끄러워……. 어라?"

얼굴이 빨개졌다는 걸 스스로도 알 수 있을 만큼 뜨거워졌다.

필사적으로 손으로 가리려 하고 얼굴을 부채질하기도 했지만, 그런 동작조차 헤어나오지 못하게 되는 계기에 불과했다.

"으으…… 잊어 줘어……."

리요는 혼자서 초조해졌지만, 아키토도 딱히 그런 대처에 익숙한 건 아니었다.

오히려 이런 상황에서 도와줬으면 하는 건 아키토 쪽일지도 모를 정도다.

아키토는 도움을 원하며 눈을 이리저리 굴렸다.

리요도 마찬가지로 뭔가 화제를 찾으려고 방을 둘러보다가…….

"아……."

"응?"

딱히 별다른 특징이 없는 포스터.

청초한 아이돌이 하얀 의상을 입은 채 춤추고 있다.

잘 살펴보니 아래쪽에는 1년 분량의 달력이 달려 있었기에 그것만 보면 아키토의 취향인지, 아니면 받은 거라 실용성을 중시해서 쓰고 있는 건지 판단하기가 힘든 물건이었다.

하지만 그것을 발견한 시점에서, 리요에게는 그렇게까지 깊게 생각할 여유가 없었다.

"저기…… 스텔라, 좋아해?"

아이돌, 마에노 리요가 센터를 맡고 있는 인기 그룹.

그 그룹 이름이 스텔라다.

"응. 꽤 자주 들어."

"호오~."

리요는 좀 전과는 다른 의미로 초조해졌지만, 다행히 조금 전까지 껄끄러웠던 분위기 덕분에 아키토가 그 사실을 눈치채지는 못했다.

리요가 위험하다고 생각한 이유는, 당연히 포스터에 나온 사람과 지금 여기에 있는 자신이 동일 인물이기 때문.

하지만 아키토에게 들키지 않았고, 아니, 아키토는 아이돌의 모습을 알면서도 세 번째 만남인 오늘까지도 눈치채지 못하고 있다는 사실을 알게 되었다.

리요에게 있어서는, 안심이 되는 한편으로 조금 맥이 빠지는 느낌이 들기도 했다.

의도적으로 변장에 가까울 정도로 화장과 옷차림, 헤어스타일의 변화를 주기는 했지만…….

"리욘도 들어?"

"그, 그게……, 그럴지도?"

"뭐, 유명하니까."

그 정도로 이야기를 끝냈다.

그것 나름대로 리요에게는 잘 풀린 상황이긴 하지만, 묘한 대항의식 같은 것이 싹트기도 해서 복잡한 심정이었다.

그런 리욘의 갈등도 눈치채지 못한 채 아키토가 게임을 끄집어 냈다.

"아, 이건 어때? 모였다면 정석일 것 같은데."

"오, 좋은데!"

리요의 이상한 대항 의식은 그렇게 아키토가 제안한 게임으로 인해 쉽사리 사라졌다.

"꽤 오래 된 시리즈도 있긴 한데…… 어떤 거 해봤어?"

"물론, 전부."

격투 게임에 가까우면서도, 체력을 소진시키는 게 아니라 상대방을 장외로 날려 버리면 이기는 게임.

인기가 많은 시리즈이고, 최신 게임기에서도 돌아간다. 세계 대회도 열리는 인기 게임이다.

"그럼 최신작을 하면 되겠구나."

"후후. 이거라면 안 질 거니까."

"리욘이 잘한다는 건 알고 있긴 하지만, 나도 이건 그럭저럭 자신이 있다고."

"호오."

처음 만났을 때는 집중할 만한 환경이 아니었다. 아키토는 그렇게 생각했다.

애초에 그때는 이 게임이 없었지만, 거의 모든 게임에서 패배했던 기억이 되살아났다.

이번에는 변명을 할 수가 없는 상황이다. 패배할 수 없는 싸움이라며 각오를 다졌다.

그와 동시에 옆에 있는 리요의 속옷 차림이 떠올라서 사고가 흐트러지기도 했는데…….

"왜 그래?"

"아니, 집중하려고."

"좋은데."

아키토는 리요에게 들키지 않고 의식을 되돌렸다.

결국 그 이후로 둘이서 게임에 너무 푹 빠진 나머지, 식사도 사왔던 간식으로 대충 때우면서 해가 질 때까지 계속 게임을 하게 되었다.

◇

"응……?"

늦은 밤.

리욘과 게임을 너무 많이 했다고 반성하며 역까지 걸어서 바래다준 다음, 대충 정리를 하고 잠자리에 들려고 침대에 누운 뒤에 시간이 조금 지났을 것이다.

아마 날짜도 이미 바뀌었을 타이밍이다.

얇은 문 너머에서 뭔가 소리가 들린다 싶더니…….

──띵동~.

"어……?"

인터폰이 울렸다.

"리욘이 두고 간 걸 가지러 온 것······치고는 너무 늦은 시간이잖아?"

휴대폰으로 연락도 안 왔다.

공교롭게도 혼자 사는 빌라다. 인터폰 너머로 누군지 확인하는 기능도 없는데······.

"이런 시간에는 좀 무섭네······."

──띵동~.

하지만 무시하기는 좀 그렇다. 신경 쓰여서 견딜 수가 없다.

발소리를 최대한 죽이면서 겨우 현관문 앞에 도착했다.

여기까지 오면 일단 문에 달린 외시경으로 밖을 내다볼 수 있긴 한데······.

"어라, 미야카와 양?"

문 앞에 있던 것은 잘 아는 얼굴이었다.

항상 편의점에서 신세를 지고 있는 점원이다.

그런데 왜 이런 시간에······? 그렇게 생각하면서 일단 문을 열어 보니······.

"아, 다행임다. 계셔서."

"저기······."

"죄송함다. 제가 아르바이트가 이 시간까지라서."

늦은 이유는 알겠지만, 왜 일부러 집에 찾아온 건지 모르겠다.

내 표정을 보고 뭔가 눈치챈 건지…….

"아, 이거, 잊어버리신 거 아닐까 해서 가지고 왔슴다."

"이거라니…… 어?"

봉투에 들어 있던 것은…….

"──윽?!"

"쓰실 예정이 없었슴까?"

"잠깐, 잠깐?!"

봉투 너머로 숫자가 비쳐 보였다.

소수점 아래 숫자를 포함해 0.01이라고 적혀 있었다.

틀림없이 그거였다. 고무 같은 그거다.

"왜 이런 걸?!"

"선배, 이웃 분들께 폐가 될지도 모름다."

미야카와 양이 자기가 한 짓은 완전히 제쳐 두고 그렇게 말했다.

그래 뭐, 시간을 생각하면 밖에서 소리치면 안 되겠지.

"저기…… 일단 들어올래?"

"그래도 됨까? 실례하겠슴다."

"아…….."

들여보내도 되는 건가라는 생각이 머릿속을 스쳤지만, 이미 늦었다.

어쩔 수 없지…….

이렇게 편의점이 아닌 곳에서 본 건 처음인데, 차림새는 간편하게 청바지에 파카를 걸쳐 입었다. 편의점 유니폼을 입었을 때는 보이지 않았던 초커에 사슬이 달려 있는 게 눈에 띄는 정도뿐, 평소에 보던 미야카와 양이었다.

나름대로 이야기를 나누어 본 적도 있는 사람이니 이상한 상황은 되지 않을 것이다…… 아니, 이미 이상한 상황이 되었으니 더 이상 이상해지진 않았으면 좋겠다.

"그런데, 왜 일부러 이런 걸……."

방으로 돌아와서 일단 미야카와 양을 앉게 하고 말했다.

미야카와 양은 항상 그랬듯이 무표정하게 주위를 두리번거리면서 보고는 이렇게 말했다.

"즐기실 거라면 이런 시간쯤에 오면 될 것 같아서 신경 써드린 건데, 이미 돌아가셨네요."

"……"

뭐부터 태클을 걸어야 할지 몰라서 말문을 잃고 있자니 미야카와 양이 갑자기 이렇게 말했다.

"사라입다."

"사라…… 이름이야?"

"그리고 저는 선배랑 같은 학교에 다닙다."

"어……?"

이렇게 눈에 띄는 애가 있었나?!

"학교에서는 피어스도 떼고 있습다. 여기까지는 안 보여주지만요."

미야카와 양── 사라가 입을 열고 나에게 보여주었다.

"어……."

"스플릿 텅하고 피어스…… 야하지 않습까?"

사라가 씨익 웃었다.

그녀가 보여준 혀는 뱀처럼 두 갈래로 갈라져 있었고 각각 피어스가 박혀 있었다.

내 취향은 그렇다 치더라도 사라가 웃는 표정은 처음 봐서 그런지 그게 조금 매력적으로 보이기는 했지만…….

"야한지 어떤지는 잘 모르겠네……."

쓴웃음을 지으며 그렇게 대답한 순간이었다.

"어?"

"선배."

정신을 차리고 보니 왠지 모르겠지만 내가 침대에 누워 있었고, 그녀가 내 양쪽 어깨를 누르며 위에 올라타고 있었다.

안 되겠다. 처음부터 끝까지 휘둘리기만 한다고 해야 하나, 너무 많은 일들이 있어서 전개를 전혀 따라잡을 수가 없다.

"사라……?"

"좋습다, 이름으로 부르는 거. 오싹오싹함다."

사라가 혀로 입술을 핥으며 그렇게 말했다.

"선배는 기억 못하실지도 모르겠지만, 선배가 저를 구해준 적이 있습다."

구해 줬다고……?

"역으로 가는 버스 안에서 아직 이런 차림을 하고 다니지 않을 때라 성추행당할 뻔 했는데…… 선배가 은근슬쩍 사이에 끼어들어서 막아 주셨죠?"

"그런 적이 있었나……."

애초에 그 이야기가 지금 같은 상황과 무슨 관계가 있는지, 침대에 누운 채로 사라를 올려다보며 생각했다.

정말로 너무 갑작스러운 전개라 머리가 따라잡지 못하고 있다.

"있었슴다."

정확하게 어떤 상황인지는 생각나지 않지만, 왠지 그런 적이 있었던 것 같은 느낌이 든다.

딱히 후배를 구해 주려고 했던 의도는 없었던 것 같다. 버스 안에 사람이 많아서 기분이 우울할 때 아저씨가 있었고, 못된 짓을 하려고 하던 참이라 방해했다, 그 정도일 것 같은데…….

"그때…… 꽤 무서웠슴다. 학생 때는 참으려고 했는데, 피어스도 늘려서 약간 위압적으로 보이게끔 한 게 그 이후부터임다."

"……."

함부로 뭔가 말하기 힘든 에피소드다.

동정하기에도, 태클을 걸기에도.

그런 느낌으로 당황하고 있자니 사라가 내 위에 올라탄

자세 그대로 내 쪽으로 몸을 기울였다.

"——윽?!"

밀착해서 이것저것 닿는다고 해야 하나, 이제 거리가 너무 가까워서 아무런 생각도 안 난다.

그런 나를 다그치는 듯이 사라가 말했다.

"선배, 그 두 사람하고 딱히 사귀는 건 아니죠?"

"어?"

"선배의 취향은 대충 이해했는데……. 저는 안 됨까?"

"아니 취향인 것도 아니고, 너도라니……."

"선배의 수배 범위는 꽤 넓잖아요? 그리고 저는 딱히 2등이든 3등이든, 써먹기 좋게 형편 좋은 여자라도 상관없습다."

"잠깐, 잠깐?!"

겨우 사라가 밀어붙이던 어깨를 잡고 몸을 떼어냈다.

"뭔가 착각하고 있는 것 같은데!"

"그런가요? 집에 번갈아가면서 귀여운 여자애들을 끌어들이고 있는 줄 알았는데요."

그렇게 따지면 부정할 수가 없긴 한데, 그게 아니라고.

"둘 다 건전한 관계고, 낮에 말했던 대로 그중 한 명은 친척이니까."

"그건 알겠는데요……. 그래도 그 친척 애, 몸매가 좋잖습까. 집에 단둘이 있을 때 불끈불끈하지 않아요?"

좋은 몸매…….

여자애에게 들어볼 기회가 없었던 말이다.

"불끈불끈하진 않아……. 아니, 그럴 상대가 아니라고 해야 하나……."

"그럼 저도 안 됨까?"

사라가 그렇게 말하면서 쉽사리 내 위에서 물러났다.

말을 잘 듣는 건지 아닌 건지……. 그렇게 생각하고 있자니 다시 폭탄 발언이 나왔다.

"서지도 않다니……. 혀 피어싱이 야하지 않았슴까……?"

묘한 구석에서 충격을 받고 있는 것 같긴 하지만, 일단은 물러났으니 다행이라고 여겨야겠다.

우선 냉정하게 이야기를 나눴으면 한다.

"저기…… 사라가 나를 알고 있는 이유도 이해가 되었는데, 너무 급한 거 아닐까?"

"그러게요. 좀 더 매력을 키우고 나서 승부에 나섰어야 했슴다."

그게 아닌 것 같은데……. 그래도 어떤 것부터 태클을 걸어야 할지…….

"이런 패션은 원래 좋아했는데, 역시 정색하는 사람들도 좀 많잖슴까. 그래도 선배는 이런 모습이 된 이후로도 아무렇지도 않게 인사를 해줬고, 기분 나빠하는 표정도 짓지 않길래 기뻐서……."

풀죽은 사라를 보고 있자니 죄책감 같은 게 솟구쳤다.

"항상 함께 있던 애랑 같이 다니시길래 포기할까 생각했는데, 오늘은 다른 애랑 있었으니까 저도 괜찮지 않을까 생각해 버렸거든요……. 제 착각이 너무 부끄럽습다……."

얼굴을 빨갛게 물들이면서 눈을 피하고 있는데, 문제는 그게 아니란 말이지…….

"저기…… 딱히 사라에게 매력이 없는 건 아닌데."

"그럼 해주실 겁까?!"

"아니야! 진정해!"

사라가 다시 내 어깨를 붙잡았기에 급하게 뿌리쳤다.

방심할 틈도 없네.

"우선, 애초에 나는 그 두 사람하고 그런 관계가 아니고, 사라하고도 아직은 그런 걸 하는 관계가 아닌 것 같은데."

"언젠가는 해도 될지도 모른다는 겁까?"

"뭐, 가능성은……."

"성실하시네요. 저는 딱히 육체관계만이라도 상관없는 데요?"

가슴 근처를 보여 주려는 듯이 파카의 지퍼를 내리며 그렇게 말했다.

한순간 그쪽을 보다가 급하게 눈을 피했다.

"……뭐, 반응을 보니 가능성은 아직 있는 것 같다."

스윽, 그녀가 지퍼를 올리며 그렇게 말했다.

이것저것 분한데…….

"그래도 오늘은 이렇게 늦은 시간에 갑자기 와서 폐를 끼쳐서 죄송함다. 만회할 기회가 있었으면 좋겠는데…….

오늘 온 애, 진짜로 사귀는 거 아닐까?"

사라가 진지한 표정으로 이쪽을 바라보았다.

눈을 피할 수가 없을 만큼 신기한 압박감이 있다고 해야 하나, 이런 질문은 제대로 대답해야만 할 것이다.

그런 상황에서 내 입에서 나온 말은…….

"잘 모르겠어."

내가 생각해도 한심하지만, 그게 거짓없는 대답이었다.

사라는 그 말을 쉽사리 받아들였고…….

"그렇군요."

그렇게 말하고는 나를 바라보던 시선을 거두었다.

"뭐, 그래도 그 애랑 관계가 진전되는 건 나쁘지 않다는 느낌이죠? 저라도 괜찮다면 도와드릴겠슴다. 귀여운 애였으니까 SNS 같은 것도 금방 알아낼 수 있을 테고요."

"잠깐, 잠깐, 뭔가 무섭잖아."

"그런가요? 그래도 뒷계정 같은 건 알아 두는 게 낫잖슴까. 취향도 알 수 있을 테고, 싫어하는 건 더 잘 알아낼 수 있어요. 지뢰를 피해서 접근할 수 있다는 건 편함다."

알 수 없는 설득력.

하지만…….

"그런 것까진 됐어."

"으…… 그럼 제가 할 수 있는 건 이제 밤일 실험대 정도겠네요. 하드한 플레이를 어느 정도 할 수 있을지 시험해 보셔도 됨다. 목을 조른다거나."

"그것도 됐거든?!"

진짜로 방심할 수가 없네.

아니, 뭐, 그렇게 말해 주니 이득이라고 해야 하나. 아까운 짓을 하고 있는 것 같기도 하지만, 그건 아니지.

그게 아니라고 타이르면서…….

"가끔 의논 상대가 되어주기만 해도 도움이 될 거야."

"밤에요?"

"거기서 좀 떠나! 나는 그런 경험이 없으니까 여자애 시선을 알 수 있으면 도움이 된다고 해야 하나……."

"경험이 없다는 건 잘 알겠슴다."

"실례잖아……."

요즘 이런 일만 생기는 것 같다.

슬프기도 한데……. 뭐, 됐고.

"아무튼, 이미 늦은 시간이니까 집에 가는 게 좋겠어."

"그러게요. 데이트를 한 날 밤에 다른 여자를 재워 주는 건 최악이죠."

진짜로 그렇다니까.

"집까지 바래다줄까?"

"그렇게까지 폐를 끼칠 순 없슴다. 그리고 스쿠터를 타고 왔거든요."

그럼 따라갈 수가 없겠구나. 자전거밖에 없으니까…….

"아, 그럼 연락처는 교환했으면 좋겠슴다. 의논할 때도 그러는 게 나을 테니까요."

"그래."

그렇게 말하고 나서 둘 다 휴대폰을 꺼낸 다음, 채팅 어플 연락처를 교환했다.

"그럼, 다음에 봐요."

사라는 정말로 쉽사리 그렇게 말하고는 돌아갔다.

마치 폭풍 같은 녀석이다.

"아니, 이거……."

침대 위에는 결국, 쓸 예정도 없는 콘돔이 자리잡게 되었고, 숨길 곳을 찾느라 고생하게 되었다.

여동생의 변화

"오빠~."

오늘도 집에 네네가 와 있다.

신기하게도 미리 연락을 주었기에 마중을 나갔었고, 지금은 마치 자기 집처럼 코타츠에 앉아서 내가 내준 레몬티 앞에서 느긋하게 있다.

"그건 그렇고 벌써 온 거야? 저번에 데이트한 사람은?"

"음~. 뭔가 안 맞아서 사귀지 않기로 했어."

"어……."

처음 본 패턴이다.

네네는 이래 봬도 꽤 착실해서, 데이트를 하러 가는 단계에서는 이미 판단을 마친 상황이다.

그리고 내가 기억하는 한, 만나는 사람이 1주일이나 없었던 건 처음인데…….

"무슨 일 있었어?"

"아니~. 그래도 좀, 솔로도 즐겨 볼까 해서."

네네가 엎드려 있다가 몸을 일으키며 말했다.

항상 솔로인 나는 잘 모르겠지만, 그런 경우가 있을지도 모르겠다.

아니, 그래도 네네치고는 신기하니까, 정말로 무슨 일이 있었나 걱정되는데…….

"아니, 오빠야말로 어땠어? 뭐, 네네를 집에 들여보내
준 걸 보니 진도가 나간 것 같진 않지만."

"아, 그래서 일부러 물어본 거였구나."

정말로 쓸데없는 구석에서만 꼼꼼한 녀석이다.

"아니, 내가 여자친구였다면 나 같은 여자가 근처에 있
지 않았으면 할 테니까."

네네가 죽은 듯한 눈으로 그런 말을 꺼냈다.

1인칭도 그렇고, 왠지 진심이 느껴지는 말이었다.

"그래서, 어땠는데? 진도가 나가진 않았더라도 무슨 일
이 있긴 했지~? 데이트도 했으니까."

"그건 뭐……. 아, 맞다. 데이트 장소를 가르쳐 줘서 고
마워. 잘 풀렸거든."

"흐응~."

어라, 왠지 미묘한 반응인데.

"잘 풀렸구나아."

네네는 힘없이 그렇게 말하며 레몬티에 입을 댔다.

아직 뜨거웠는지 눈을 감으며 혀를 내밀었다.

아, 이건…… 자기가 미묘한 상황인데 나만 잘 풀려서
뭐라고 말하기 힘든 심정인가?

대놓고 화풀이를 하지 않는 구석이 네네를 미워하기 힘
든 이유로 이어지는 것 같다.

"가게도 괜찮았어? 오빠는 좋아할 것 같았는데."

"그래. 리온도 기뻐해 줬어."

"호오. 리욘이라고 하는구나……."

아, 이름은 말한 적이 없었구나……. 무심코 말해 버렸는데, 그렇게까지 신경 쓰지 않고 받아들인 모양이다.

받아들인 다음에 이런 말을 꺼냈지만…….

"그 이름은 인터넷용이지? 아직 본명이 아니네."

"그러고 보니……."

처음 만났을 때.

행위를 거절한 이유이기도 했는데, 지금까지 신경 써본 적이 없네.

다이고 같은 경우에는 부르기 힘들어서 쉽사리 서로 본명을 가르쳐 주었지만, 리욘에게는 나도 본명을 가르쳐 주지 않았다.

일단 집에 왔으니 뭔가를 통해 보았더라도 이상할게 없고, 딱히 곤란하지도 않지만, 이러쿵저러쿵해도 결국 본명을 서로 가르쳐 주지 않고 지금에 이르게 되었다.

"부르고 싶지 않아? 이름."

"음……."

생각해 보았다.

생각해 보았지만…….

"리욘이라고 불러도 상관없을 것 같기도 하고, 알고 싶다는 생각도 드네."

하지만 그건 상대가 리욘이라서 알고 싶다는 것보다는, 신경 쓰이게 되었으니 알고 싶은 것뿐일 것이다.

"그렇구나. 뭔가 좋네."

네네가 다시 코타츠에 엎드리며 웃었다.

"좋⋯⋯나?"

"응. 이름보다 더 중요한 기준이 있었으니까 그렇게 된 거잖아."

"그건⋯⋯."

그런 뜻이구나.

"네네는 뭔가 계기가 생기면 금방 서로 이름으로 부르게 되거나 하는데, 그런 것도 괜찮다~. 그런 생각이 들어."

네네는 진짜 여동생처럼 편하게 지내면서 웃고 있다.

평소보다 얌전해서 그런지, 분위기도 조금 부드러워서 오히려 어른스럽게 보였다.

"왜 그래?"

씨익 웃는 네네를 보니 신기한 마음이 들긴 하지만, 그렇다고 딱히 뭔가 달라질 건 없으니 이야기를 해야겠다.

마침 네네에게 물어보고 싶었던 것도 있으니까.

"네네는 누구와 사귀더라도 몸을 요구하면 거절하지?"

"응? 그런데, 갑자기 왜?"

네네가 몸을 일으키며 이쪽으로 몸을 틀었다.

조금 진지한 분위기를 느낀 모양이었다.

"반대로 몸부터 시작하는 관계가 되거나, 몸을 허락하고 싶어지는 경우는⋯⋯ 없어?"

내가 생각해도 이상한 질문을 하는 것 같지만, 사라가

내 방에 오고 나서 계속 하던 생각이었다.

그리고 근처에서 의논할 만한 사람을 찾다가 떠오른 게 네네였다.

네네도 농담으로 흘려넘기지 않고 잠시 생각하다가 이렇게 대답했다.

"나는 안 그럴 것 같은데. 아니, 아직 몸을 허락해도 되는 선을 잘 모르는 것 같기도 해."

"그래?"

"아, 오빠가 뭔가 오해하는 것 같은데. 네네는 사귄 적이 잔뜩 있긴 하지만, 그런 걸 해본 적은 지금까지 한 번도 없거든? 아직 처녀야."

갑자기 자극적인 단어가 나와서 굳어 있자니…….

"오빠가 그런 반응을 보이니 귀엽고 좋네……. 아, 그렇구나."

왠지 모르겠지만 네네가 혼자서 계속 납득하고 있다.

"네네가 지금까지 취향에 맞는다고 생각했던 사람들, 사실 취향이 아니었는지도 모르겠어."

"어?"

"오빠 같은 사람하고는 사귀어 본 적이 없다고 해야 하나, 이러쿵저러쿵해도 얼굴로 골라 버리니까 귀엽다고 생각하기도 전에 멋지다고 생각해서 사귀었단 말이지."

네네가 나와 대화하기보다는 자신을 타이르는 듯이 말했다.

나도 맞장구만 치는 정도로 따라가고 있긴 하지만…….

"귀엽다고 여기면 된다는 이야기를 하긴 했는데, 그걸로 끝나는 거 아니었어?"

"그럴지도 모르지? 귀엽기만 한 거라면 모를까, 이러쿵저러쿵해도 멋진 모습이 사라져 버리면 글러먹기만 한 사람하고 사귀어야만 하고…… 야한 건 좀, 무서워."

"무섭단 말이지."

네네가 평소에 잘 하지 않는 하소연 같은 걸 하길래 뜻밖이라고 여기고 있었는데, 네네는 뭔가 착각한 건지 마구 다그쳤다.

"아! 너무 처녀처럼 귀찮게 군다고 생각했지!"

"그런 생각은 안 했는데?!"

누명도 정도가 있지.

처녀처럼 군다는 건 뭔데…… 그런 표현조차 처음 들어봤다고.

"으으, 나도 안다고……. 네네도 만약에 남자였다면 이렇게 마구 사귀어 대는 사람은 언젠가 기회가 있을 거라 생각했을 테니까."

그런 걸 느끼고 있긴 하는구나…….

"그래도…… 네네는 네네가 멋지다고 생각하는 사람하고만 사귈 수 있고, 그래도 야한 짓을 해버리면 분명히 멋지기만 한 사람이 아니게 되어버릴 게 무서워."

복잡한 심정이구나, 나는 그렇게 생각하면서도 어느 정

도는 이해가 되는 것 같기도 했다.

　그렇게 생각했는데…….

　"응. 오빠는 딱히 멋지다고 생각해본 적이 없으니까 괜찮을지도 모르겠어."

　"뭐?"

　이해가 된 줄 알았는데, 갑자기 멀리 가버렸다.

　어째서 이렇게 된 거지?

　"그리고 말이야, 오빠."

　"응?"

　"네네, 요즘 오빠가 괜찮다 싶거든."

　네네가 달라진 눈빛을 보이며 말했다.

　조금씩 이쪽으로 다가오면서.

　"다른 사람 같은 경우에는 이런 생각을 별로 안 해봤는데, 오빠는 왠지…… 다른 상대가 있다는 것까지 포함해서 괜찮단 말이지."

　"그게 무슨 소리야?"

　왠지 모르겠지만 방구석으로 몰리면서 겨우 그렇게 대답했다.

　"뭐라고 해야 하나, 다른 상대가 있으니까 오싹오싹해지는 거?"

　"무서워."

　그냥 무섭기만 하다.

　네네의 눈빛이 제정신이 아닌 것처럼 보이기까지 한다.

"어~, 그래도 자기 마음대로 안 되는 상대니까 더 불타오르지 않아?"

"아니⋯⋯."

나는 이해할 수가 없는 감각이다.

그리고 그건 네네도 마찬가지였던 것 같은데⋯⋯.

"네네도 잘 모르겠지만, 그래도 오빠가 데이트하는 모습을 상상했더니 묘한 기분이 들었거든. 오빠를 그런 눈으로 본 적은 없었는데, 그것도 나름대로 괜찮겠다 싶어서."

기어코 침대에 눕혀져 버렸다.

도망칠 방향을 잘못 잡은 모양이다.

아니, 이렇게 좁은 방에서는 필연적으로 이렇게 될 수밖에 없기도 하겠지만.

"잠깐, 잠깐만, 일단 진정해. 애초에 처녀라면 좀 더 소중히──."

"오빠라면 소중하게 생각해 줄 거잖아?"

네네가 내 볼에 손을 대고 그렇게 말했다.

약간 오싹한 감각이 등골을 스쳤고, 몸을 움직일 수가 없게 되었다.

"그리고 말이야. 네네는 알고 있거든. 오빠가 이미 경험을 했다는 거."

"뭐⋯⋯?"

"아니, 이거 봐⋯⋯."

네네가 그렇게 말하며 무언가를 꺼냈다.

"그건……."

"이런 게 있는 걸 보니, 괜찮다는 거 아니야?"

사라에게 받은 뒤로 버리지 않았던 콘돔을 네네가 들고 말했다.

제대로 숨겨 두었는데, 대체 어느새…….

"오빠는 알아보기 쉬우니까 금방 눈치챘지~. 숨겨 둔 곳 정도야."

네네가 씨익 웃으며 입가를 치켜올렸다.

"이 녀석……."

하지만, 네네가 폭주한 원인이 이거라면 해결할 방법도 보인다.

진실을 말하기만 하면 되니까.

"잘 봐, 네네. 그거, 안 뜯어져 있지?"

"어? 어라?"

눈치챈 모양이다.

네네는 머리가 잘 돌아간다. 뜯지 않았다는 정보만으로 여러가지를 눈치챈 모양이었고…….

"누군가가 떠넘겼을 뿐이야……?"

착각을 눈치채자 표정이 좀 전까지와는 전혀 달라졌다.

약간 당황하기 시작했고, 이미 얼굴이 조금 빨개졌다.

"떠맡았을 뿐이지."

"그래도! 가지고 있다는 건 써도 된다는 뜻이잖아?!"

"아니, 아니?!"

당황한 기세를 이어가며 박스를 뜯었다.

그리고 익숙하지 않은 손놀림으로 포장지를 하나 꺼내서 뜯었는데…….

"왠지 미끌미끌해서 기분 나빠."

"만져본 적은 없었던 모양이네."

"오빠는 만져 본 적 있어?"

네네가 나를 째려보았지만…….

"남자들은 말이야, 친구들하고 장난치면서 그걸 물풍선으로 만드는 의식을 모두가 치르는 법이라고."

"그래?!"

"공원에서 엄청 튼튼한 물풍선 조각 본 적 있지? 그거야."

"그게…… 설마 이거였다니…….."

네네는 완전히 믿은 듯한 낌새를 보이며 포장을 뜯고 꺼낸 그것을 바라보고 있었다.

모두가 그걸 가지고 놀았다고 단정 지을 수는 없지만, 이대로 밀어붙여야겠다.

적어도 나는 그런 흐름으로 한번 만져본 적이 있으니까.

"왜 그렇게 초조해하는 건지는 모르겠는데, 네네는 그냥 지금 이대로도 좋잖아."

침대에 떠밀린 자세였지만, 겨우 네네가 힘을 빼주었기에 다시 일어나 앉았다.

"쓰다듬어 줘."

"뭐, 그 정도라면…….."

침대 위에서 서로 마주 보고 앉은 채 네네의 머리를 쓰다듬었다.

"에휴, 거절당해 버렸어."

네네가 말과는 달리 미소를 지으며 그렇게 말했다.

"거절당한 게 다행이지."

좀 전에는 기세뿐이었다.

평소와는 분위기가 다른 네네가 평소와는 분위기가 다른 나에게 《콘돔》이라는 계기 때문에 이상한 마음을 먹었을 뿐.

그러니 이제 지금까지와 똑같아질 것이다.

"음~. 그래도 아마 나는 그대로 했더라도 후회하지 않았을 것 같은데."

"……."

네네는 대답하기 힘든 말을 진지하게 꺼냈다.

"그래도 뭐, 조금 안심한 것 같아."

"뭐가."

"오빠가 동정이라서."

"……."

"아하하. 네네가 진심을 보이면 어차피 진심으로 거절하진 않을 것 같아서, 언제든지 할 수 있다고 생각하니 마음이 조금 편해진 것 같아."

제멋대로 말하기는…….

그래도 실제로 힘으로 밀릴 리가 없는데 움직이지 못했

던 것도 사실이다.

뭔가 대책을 세워 두어야 할지도 모르겠다.

내가 걱정하는 와중에 네네는……

"오빠도 하고 싶어지면 말해야 돼? 마음 내키면 상대해 줄 테니까."

싱글싱글 웃으며 평소 모습으로 돌아왔다.

늦은 밤에 둘이서

그것은 갑작스러운 욕구였다.

"라멘……."

이미 저녁 식사도 했으니 분명 불필요한 칼로리 섭취겠지만, 이런 시간에 가고 싶어졌기에 멈출 수가 없다.

"갈 수밖에 없지."

저녁 식사도 조금만 했고, 그렇게 변명하며 욕망에 몸을 맡기기로 했다.

다행히 아직 전철이 다니는 시간이니 역 근처로 가면 가게도 영업 중이다.

일어서서 현관으로 가려던 참에 주머니에서 휴대폰이 울렸다.

『지금 뭐 해?』

리욘이었다.

『라멘 먹으러 가려던 참이야.』

게임을 하자는 제안이라면 나중에, 그렇게 답장을 보내려던 참에 전화가 왔다.

『나도 갈래!』

『이런 시간인데…….』

『그러니까 먹고 싶은 거잖아?』

전화기 너머로 씨익 웃는 소리가 들린 것 같았다.

뭘 좀 아네…….

『애초에! 이런 시간에 라멘 이야기를 하니까 이렇게 되어버린 거야! 책임져!』

『어…….』

물어보길래 대답했을 뿐인데…….

『뭐, 같이 가는 건 좋긴 한데, 어디로 갈까?』

『아키 군이 추천해 주는 곳을 알고 싶으니까 그쪽으로 갈게! 조금만 기다려 줄래?』

『괜찮겠어……?』

시간이 꽤 늦었고, 걱정되는데…….

『물론이지! 금방 갈 테니까!』

『그럼 역에서 만나자.』

『네에~!』

전화기 너머로 우당탕탕, 소리가 들렸다.

『아~ 옷은 어떻게 하지~. 앗…… 전화를 안 끊었네.』

멀어지는 목소리와 후다닥 소리가 들리고는 전화가 갑자기 끊겼다.

"……나도 준비할까."

일단 평상복을 대충 입고 있었기에 옷을 갈아입은 다음, 어디에 갈지 고민하기 시작했다.

◇

일단 역 근처에서 제일 세련된 것 같은 라멘 가게를 찾아 놓긴 했는데, 리욘에게 말하자 제일 먼저 나온 대답이 이거였다.

"아키 군이 추천하는 곳이 정말 거기 맞아?"

리욘이 바짝 다가서서 내 얼굴을 올려다 보았다.

약간 째려보면서, 의심이 담긴 눈빛이 엄청나다.

"나를 위해서 알아봐 준 건 기쁘긴 한데, 나는 아키 군이 추천하는 곳에 가고 싶거든."

이건 그건가?

내가 나갈 예정에 함께 따라 나선 거라서 신경 써주는 건가……. 그렇게 생각하고 있자니 리욘이 내 생각을 읽은 듯이 이렇게 말했다.

"나, 어디든 잘 다니는 편인데? 기름기 가득하고 야채가 산처럼 쌓인 곳이라던가.*"

"어……."

"앗, 좀 깼어?! 사실 아니……진 않지만……. 아무튼! 아키 군이 좋아하는 곳으로 가!"

"……그럼."

아무리 그래도 이런 시간에 그런 라면은 나도 먹기 힘드니까 원래 가려던 곳으로 가야겠다.

"돈코츠 라멘도 괜찮아?"

"물론이지!"

---

*라멘 지로라는 점포에서 시작된 지로계 라면. 기름진 육수에 면과 야채가 산처럼 쌓이는 야채, 향이 강한 마늘이 사용되기에 꺼리는 사람이 있다.

가게는 지저분하지만, 맛은 최고인 가게가 있다.

이런 시간에 먹기에는 최고일 것이다.

◇

"맛있었어~!"

"그럼 다행이고."

결국 리온은 면까지 추가로 주문했다.

첫 번째 그릇부터 단단한 면으로 주문한 걸 보니 꽤 익숙한 건지도 모르겠다.

"자주 먹으러 가? 라멘."

"음~ 좋아하긴 하는데 같이 먹으러 갈 사람도 없고 그럴 기회도 없어서, 오늘은 오랜만에 먹었어."

그래서 그렇게나 즐거워한 건가…….

뭐, 여자애들끼리 라멘 가게에 온 경우는 별로 못 봤으니까 그럴지도 모르겠다.

"그럼 다음에 혼자 갈 일이 생기면 부를까?"

"정말로?! 밤중이라도 갈 테니까 언제든지 말해!"

내 쪽으로 다가와서 손까지 잡았다.

그 정도인가…….

"아, 슬슬 전철 끊길 테니까 오늘은 집에 갈게."

"그래."

정말로 라멘만 먹으려고 오게 해버린 게 미안하다고 생

각하고 있자니 리욘이 내 쪽으로 다가와서 말했다.

"다음 날에 일정이 없는 날이면 재워줘야 해?"

"뭐?!"

"후훗. 신경 쓰지 마. 오고 싶어서 온 거고, 잠깐이라도 만나서 좋았어!"

그렇게 말하고 손을 흔들며 역 쪽으로 사라져 갔다.

그런 말을 귓가에 대고 속삭였기에 볼이 뜨거워지는 걸 느끼며 뛰어가는 리욘을 바라보고 있었다.

형편 좋은
지뢰계 그녀와
몸뿐인
관계를

설마하던 연결 고리

『사과해야만 하는 게 있어.』

생선구이 정식이 갑작스럽게 사과 메시지를 보냈다.

『무슨 일인데?』

『아무튼 사과해야 해. 오늘 시간 있어?』

시계를 확인했다.

벌써 저녁이다. 오늘이라면 밤이라는 뜻인데, 그렇게까지 급한 용건은 짐작이 안 되고…….

"뭐, 딱히 일정은 없으니 괜찮겠지."

『시간은 괜찮아.』

『그렇구나! 그럼 저녁 7시에 갈 테니까 기다려!』

『알겠어.』

그렇게 대답하고 나서…….

"응?!"

그 녀석이 우리 집에 올 셈인가?!

우리가 온라인에서 딱히 정해 둔 장소는 없다.

나한테 온다는 말을 듣고 곧바로 머릿속에 떠오른 것은 역시 우리 집인데…….

"다이고한테 집 위치를 말해 줬던가……?"

그렇게 생각하고 있자니 다른 사람에게 연락이 왔다.

"……모르는 연락처인데."

다이고와 이야기를 주고받던 메시지 어플에 모르는 상대가 연락을 해왔다.

"전화번호만으로는 멋대로 추가되지 않게 설정했던 것 같은데."

다시 말해 아는 사람이거나, 어디선가 ID를 공유받은 패턴인 경우다.

일단 보기만 하는 거면 문제가 될 게 없기에 내용을 확인했다.

『안녕하세요. 사라입다. 저번에 찾아갔을 때 멋대로 추가했습다~.』

사라가 보낸 메시지였다.

아니…….

『멋대로라니, 그게 무슨 소리야?』

『아, 대답해 주셔서 다행이네요. 선배가 어플을 계속 띄워 두셨더라고요. ID가 보이길래 외워 버렸습다.』

뭔가 무서운 말을 하고 있다.

그래도 뭐, 지금은 일단 제쳐 두자.

그 이후로 곧바로 연락한 게 아니라 지금 이 순간에 연락한 이유가 따로 있을 테니까.

『왜 이제야 연락한 건데?』

『아, 맞다. 밤에 저도 갈 테니 잘 부탁드리겠습다.』

『뭐?』

『그럼 휴식 시간 끝났으니까 다시 아르바이트하러 가볼

게요~.』

그 이후로는 이모티콘만 왔고, 질문할 수 있을 만한 타이밍이 없었다.

"어떻게 된 거지……."

아마 다이고와 사라가 아는 사이인 것 같고, 두 사람이 밤에 온다는 건 알겠는데…….

"어떤 사이지……?"

접점이 전혀 이어지질 않는다.

뭐, 생각해 봤자 소용없나……. 어차피 답은 금방 알 수 있을 테니까.

"방 청소나 해둘까……."

리온이 왔을 때의 반성점을 살려서 음료수도 미리 사두었다.

◇

"오…… 왔구나."

저녁 7시 정각에 인터폰이 울렸다.

굳이 확인할 필요도 없이 다이고와 사라일 것이다. 곧바로 문을 열러 나갔다.

"어서 와."

"미안해, 갑자기."

"아니, 상관없긴 한데……."

새삼 두 사람을 보았다.

금발이 잘 어울리고 시원스러운데다 키가 크고 날씬한 근육질 훈남.

피어스가 눈에 띄는 단발 나른한 분위기의 미소녀.

양쪽 다 외모가 수려하긴 하지만, 방향성이 너무 달라서 공통점을 찾을 수가 없다.

"뭐, 일단 들어갈까?"

"괜찮겠어?"

"오히려 여기서 선 채로 셋이서 이야기하는 걸 피하고 싶은데."

벽도 그렇게 두껍지 않은 빌라지만, 바깥에서 이야기를 하는 것보다는 안에서 하는 게 낫다.

"그럼, 실례합니다."

"오랜만임다~."

다이고가 예의바르게 신발까지 간지런히 정리해두고 들어오자 이제 두 번째 방문인데도 불구하고 사라가 마치 익숙한 듯이 따라 들어왔다.

일단 방으로 들여보내고 숨을 좀 돌릴까 생각하던 순간이었다.

"미안! 사라가 폐를 끼쳤어."

다이고가 엎드려 빌고 있었다.

그리고 다이고는 곧바로 사라를 보았고, 사라도 그 눈빛을 보고는 마찬가지로 고개를 숙였다.

"죄송함다~."

늘어지는 목소리긴 하지만, 묘하게 예의바른 자세였다.

"저기, 어떤 관계야……?"

설마 다이고의 여자친구인가 하는 생각도 들었는데, 그럴 경우에는 오히려 나한테 화를 내야 하는 것 아닌가 하는 생각도……. 아니, 딱히 내가 뭔가 한 것도 아니지만, 일단은 그렇게 의심할 수도 있겠다고 생각했다.

정답은 금방 다이고의 입에서 나왔다.

"여동생이야. 사라. 나는 미야카와 다이고. 이쪽이 미야카와 사라."

"어……."

다이고가 여동생이 있다는 이야기를 하긴 했었다.

그런데 뭐라고 해야 하나, 별로 그런 관계가 아닌 것 같다고 생각하며 두 사람을 새삼 보니…….

"얼굴이 조금 닮았네."

"그래도 오빠하고 성격은 안 닮았슴다."

사라가 말했다.

온몸에 피어스를 잔뜩 달고 있어서 위압감이 느껴지는 여자애가 '오빠'라고 하니 왠지 귀엽다.

"이 녀석. 폐를 끼쳤으니까 네가 제대로 사과해야지."

"맞슴다. 죄송합니다, 선배~. 오빠하고 이야기를 하고 나니 그제야 조금 지나쳤다는 생각이 들었슴다."

그렇구나.

이제야 둘이서 온 이유도, 오늘 온 목적도 이해가 되긴 하는데…….

"나는 딱히 신경 안 쓰니까, 그렇게까지 심각하게 받아들일 필요는 없어."

사라는 뭐, 막 들이댄다는 건 편의점에서 이야기를 나눴을 때부터 느꼈고. 원래 그런 거라 생각하면 받아들이지 못할 범위는 아니다.

조금 놀라긴 했지만, 뭐, 사라는 그렇게까지 불쾌하게 만들지 않는 붙임성을 갖추고 있었다.

"……정말로 괜찮은 거야?"

다이고가 맥이 빠진다는 듯이 말했다.

그러면서도 정좌 자세를 유지하고 있고, 그런 모습조차 뭔가 있어 보이는 게 정말 대단하다.

"그래. 놀라긴 했지만, 딱히. 그런 느낌이야."

"그렇구나……. 왠지 아키가 비슷한 타입에게 인기가 많은 이유를 알겠어."

"어…….."

이것저것 태클을 걸고 싶었지만, 미처 그러기도 전에 사라가 기어를 한 단계 올려도 되냐는 듯이 우선 다이고에게 물었다.

"제가 좀 더 들이대도 괜찮다는 겁까?"

"폐가 되지 않는 범위에서만 해."

다이고도 이제 포기한 건지 그렇게 대답했고…….

"알겠슴다. 선배, 아르바이트가 끝나면 가끔 놀러와도 됨까? 성욕을 처리할 때 쓰셔도 됨다."

"야!"

"저는 그런 경우에도 행복을 느낄 수 있을 것 같슴다."

"네 여동생이잖아, 어떻게 좀 해봐!"

다이고를 보니 천장을 올려다 보며 이마에 손을 얹고 있었다.

"뭐, 선배는 평소에도 몸매가 좋은 애들에게 둘러싸여 있으니 이렇게 빈약한 몸에는 흥분하지 않을지도 모르겠지만…… 딱히 상관없슴다. 다른 애하고 하면서 찍은 영상을 보면서 하셔도요."

"다이고! 얼른 좀 말려!"

"이럴 때는 오히려 남매가 더 이야기하기 껄끄럽다고!"

나도 그렇고 다이고도 당황하고 있었다.

독보적인 마이페이스지만, 사라도 우리 모습을 보고 일단 마음을 가라앉힌 모양이이었다.

"그럴 마음이 드시면 언제든지 말씀하셔도 됨다."

"……일단, 알겠어."

"알겠다고 해도 되는 거야?"

다이고가 태클을 걸었지만, 깊게 생각하진 않기로 했다.

뭐, 어찌 됐든, 일단 폭풍은 지나간 줄 알았는데…….

"선배, 그러고 보니까요. 저번에 왔을 때도 생각했던 건데, 역시 진짜 상대는 사진을 장식하시나 보네요."

사라가 갑자기 그런 말을 했다.

"응?"

우리 집에는 사진 같은 건 한 장도 장식해 두지 않았다.

그리고 진짜 상대라니…….

"리온 말이야?"

"이름은 모르는데요……. 이거, 그 때 그 애죠?"

사라가 그렇게 말하면서 손가락으로 가리킨 쪽에 있던 것은…….

"어?"

스텔라의 센터.

마에노 리요의 포스터다.

곡을 좋아하기도 하지만, 달력이 딸려 있어서 그대로 장식해 두었을 뿐인데…….

"닮았나?"

리온과 리요.

이름 말고는 아무것도 이어지는 게 없어서 멍해진 나에게 사라가 말했다.

"화장을 바꿔도 그렇게 가까운 곳에서 빤히 보면 알 수 있슴. 닮은 게 아니라 본인임."

"아니, 아니."

아무리 그래도 요즘 TV에 자주 나오는 아이돌이다.

있을 수 없는 일이라고 부정하려 했지만…….

"선배. 리온이라는 애하고 놀거나 게임 같은 거 하셨죠?

바쁘다고 하던 시기하고 TV 같은 활동까지 감안해서 생각해 보세요."

"어……."

눈이 진심이다.

그리고 게임을 하는 건 나뿐만이 아니라 다이고도 마찬가지.

그런 다이고가…….

"사라의 이런 직감은 빗나가는 일이 없어……. 이야기를 듣고 보니 리온이 게임을 접는 시기하고 스텔라의 라이브 투어 시기가 겹치긴 하네."

그것만이라면 우연일지도 모른다.

하지만, 다이고가 말한 사라의 직감이라는 게 마음에 걸린다.

"일단 확인은 해볼까……."

과거의 대화를 거슬러 올라가 보았다.

만난 건 최근이긴 하지만, 게임 친구로서 알고 지낸 기간은 좀 더 길다.

스텔라의 활동을 전부 볼 수 있는 건 아니지만, 라이브 같은 현실 쪽 이벤트는 외부에서도 조사해 볼 수 있다.

그 결과…….

"일치하긴 하네."

이게 전부는 아니지만, 곧바로 부정할 만한 근거가 사라졌다.

"선배, 오히려 그렇게 자주 만나면서 눈치채지 못했습 니까? 포스터도 있는데."

"포스터도 그렇고, 리욘도 얼굴을 빤히 본 적이 없다고 해야 하나……."

"그래서임다. 제대로 보면 금방 알 수 있을 검다. 그렇게 간단히 숨길 수 있을 만한 아우라가 아님다. 그거."

"그건……."

그 한 마디가 제일 납득되는 느낌이었다.

"나는 리욘 씨하고 직접 만난 적이 없으니까 모르겠는 데, 그랬구나."

다이고가 한 말이 내 마음속에서 답을 더욱 확정시켰다.

"그렇구나……. 리욘은 아이돌이었구나."

"어……."

내가 그렇게 맥빠지는 듯이 대답하자 다이고가 놀란 표 정을 보였다.

"그게 다……야?"

"아~. 아니, 뭐, 조금 위험한 짓을 했나 싶긴 한데, 나는 딱히 아이돌인 마에노 리요하고 만난 게 아니라 어디까지 나 리욘하고 만났던 거니까."

뭔가 이것저것 생각에 빠질 뻔했지만, 그냥 이대로 전부 해결될 것 같은 기분이 들었다.

"아키…… 뭔가 대단한데."

"거물임다."

"놀리는 거야……?"

"아니, 아니. 정말로 아키가 왜 그렇게 인기가 많은지 이해하게 된 거라고."

다이고가 활짝 웃으며 말했다.

표정을 통해 무슨 생각을 하고 있는지 알아보기 힘든 훈남이긴 하지만……. 뭐, 넘어가자.

"선배들이 진도를 얼마나 나갔는지는 모르긴 하는데, 뭐, 할 건 다 했죠? 선배."

"어?"

"이거 보세요. 한 개가 줄었잖습까."

"그건 아니거든?!"

사라가 콘돔 박스를 들고 말했다.

네네 때문에 상황이 악화되었다.

아니, 굳이 따지고 보면 원흉은 지금 눈앞에 있는 사라겠지만.

다이고에게 설명을 하고 싶은데, 사라가 곧바로 그 이야기를 흘려넘기고 계속 말했다.

"뭐, 그건 상관없는데요, 문제가 없긴 함다. 잘 살펴보지 않으면 알아볼 수 없을 정도로는 변장했으니까요."

"그거…… 변장이었구나."

"적어도 제가 봐온 타입하고는 달랐습다. 내용물은."

봐온 타입이라는 건 그 차림새 이야기일 것이다.

지뢰계 패션.

리욘은 내면에 지뢰 같은 느낌이 없는 것 같다고 생각했는데, 그런 사정이 있다면 납득이 되는 부분도 많다.

아니, 그래도 뭐, 리욘하고 이야기를 나눌 때는 TV에서 본 마에노 리요하고 전혀 다르긴 하지만, 굳이 말하면서 리욘일 때가 원래 모습에 가까울 것 같단 말이지……. 그러면 좋겠다는 욕심도 포함되어 있을지 모르겠지만.

아무튼 이것저것 이해가 되었을 때, 마침 누군가의 배에서 꼬르륵 소리가 울렸다.

"밥 안 먹고 왔어?"

"선배도 이 시간이면 아직이죠? 평소에는."

"뭐……."

사라에게 평소 생활 이야기를 한 기억이 없다는 건 일단 제쳐 두고, 식사를 아직 하지 않은 건 사실이다.

"실은 사과도 할 겸 먹을 걸 꽤 많이 가지고 왔어. 같이 먹을까?"

"좋은데."

다이고가 가방을 열고 반찬 팩을 늘어놓기 시작했다.

백화점에서 팔 법한 물건이라고 해야 하나, 가격이 꽤 비쌀 것 같은 걸 사왔구나…….

"그냥 사과할 겸 두고 갈 생각이었는데 말이지."

"같이 먹어 주는 게 더 고맙지."

"그런 표정이길래 말을 꺼낸 거야."

다이고가 웃었다.

은근슬쩍 말하긴 하지만, 그런 구석이 훈남인 이유겠지.

"아, 저도 이거 좋아함."

"너는 나중에. 먼저 아키가 고르게 해야지."

"상관없어. 그건 사라가 가져. 나는 이게 더 좋으니까."

"앗싸임다."

다이고가 너무 응석을 받아 주지 말라고 했지만, 우리 집에서는 딱히 상관없을 것이다.

충격적이라고 하면 충격적인 고백을 듣긴 했지만, 어느새 아무렇지도 않게 평소 같은 분위기가 깔렸다.

평소에 보던 멤버는 아니지만, 신기하게도 그런 생각이 들 정도로 마음이 편했다.

아마 이렇게 마음이 편한 건, 리온과 함께 있을 때도 마찬가지였을 것이다.

"데울 거 있으면 데워 올게."

"아, 그건 제가 해오겠슴다."

그렇게 이야기를 주고 받으면서 셋이 식사를 함께했다.

사라에게 리온 이야기를 듣고 나서 며칠 뒤.

딱히 특이한 일도 없이 지내고 있었는데…….

"슬슬 만나고 싶네."

너무나도 자연스럽게 그런 생각이 들었기에 스스로도

놀랐지만, 뭐, 그건 상관없다.

사라가 해준 이야기가 충격적이긴 했지만, 그렇다고 해서 무언가 달라질 건 없었다.

아니, 조금 긴장되긴 하지만, 어딘가 가자고 연락할 때 긴장하는 건 평소에도 그랬으니까.

그리고 그렇게 평소에도 있었던 문제를 떠안은 채 생각에 잠겼다.

"어디에 가자고 할까……."

우선 온라인에서 게임을 하자고 해도 딱히 상관은 없겠지만, 왠지 만나고 싶어졌다.

그래도 어디에 갈지가 문제인데…….

"같이 정할까."

리욘이 가고 싶은 곳도 있을지 모르고, 애초에 언제 갈 수 있을지도 모르니 예약할 필요가 있는 곳이면 안 된다.

일단 연락을…….

『다음에 어디 놀러 가지 않을래?』

답장이 바로 왔다.

『와~! 가고 싶어!』

다행이다.

당연하다고 하면 당연하겠지만, 아이돌이 아니라 **리욘과의** 대화가 시작되었다. 뭐, 그렇겠지. 상대방은 아무것도 모를 테니까.

그리고 둘 다 상황이나 가고 싶은 곳에 대해 말하면서

대화를 해나갔다.

이런 시간조차도 뭔가 즐거운 것 같다.

둘이서 이것저것 후보를 말했고, 결국 이야기를 나누면서 게임을 하자는 결론을 내리고는 일정을 잡았다.

"다행이야~, 만날 수 있어서!"

"바빴나 보네."

"음~, 조금. 미안해, 일정을 금방 잡지 못해서!"

"아니, 결과적으로는 빨랐다고 해야 하나……."

그로부터 며칠 뒤.

리온과 일정을 조정했는데, 사실 그날 일정을 바로 잡지는 못했다.

처음에는 스케줄이 확정되지 않아서 기다려 달라는 말을 들었기 때문이다.

원래 활동을 고려해 보면 어쩔 수 없는 일이고, 딱히 언제든 상관없다고 하니 오히려 당장은 일정이 비어 있다고 하여, 빠르게 모이기로 해서 오늘에 이르렀다.

역시 바쁜 모양이다. 오히려 지금까지가 이상하다고 할수 있다.

"응~? 아키 군, 왜 그래?"

"아, 미안. 오늘은 어디 예약한 곳이 없으니까 그냥 정처

없이 돌아다니기만 할 건데…….”

“좋은데! 재미있을 것 같아!”

리욘이 티없는 미소를 보였다.

오늘도 온몸이 새까만 차림새이고, 화장까지 포함해서 평소같은 지뢰계 패션이다.

그럼에도 불구하고 왠지 반짝거리는 아우라 때문에 지뢰 같은 느낌이 희미하다.

아이돌이라는 것과는 상관없이 리욘은 여전히 다른 사람들이 많은 곳에서 눈에 잘 띌만큼 귀여웠다.

“응? 왜 그래?”

“아니. 또 눈에 띄나 싶어서.”

“아하하. 미안해?”

“아니, 리욘이 잘못한 건 아니라고 해야 하나, 옆에 있는 게 나라서 미안하다고 해야 하나…….”

“흐응~?”

내가 말을 듣고 무슨 생각을 한 건지, 리욘이 잠깐 생각하는 낌새를 보인 다음에…….

“에잇.”

“으엇, 리욘?”

갑자기 팔짱을 껴서 당황했다.

“이제 와서 이 정도는 딱히 상관없잖아?”

“그건…….”

첫 만남을 생각하니 뭐든지 상관없을 것 같다.

하지만 팔에 닿는 이 감촉은 무시할 수가 없고, 애초에 거리가 너무 가까워서 얼굴이 뜨거워졌다.

주위 사람들도 왠지 포기한 듯이 눈을 돌리기 시작한 걸 보니 리욘의 목적이 달성된 것 같다.

딱히 싫은 건 아니고, 지금 저항해 봤자 오히려 역효과일 것 같았기에 포기하고 그대로 걸어갔다.

조금 익숙하지 않고, 쑥스럽고, 이상한 죄책감 같은 게 드는데…….

"아키 군. 지금은 나한테 집중!"

"네, 네."

"후후. 오늘은 평소보다 안절부절못하네."

"항상 안절부절못했나…….."

"으음~. 왜?"

리욘이 고개를 갸웃거리며 말했다.

"그래도 귀여우니까 좋아하는데?"

"……."

이제 아무런 말도 할 수가 없어졌기에 일단 걸어가기 시작했다.

"노래방으로 되겠어?"

"응? 완전 좋은데~. 오늘은 그냥 돌아다니는 느낌이잖아? 일단 이런 곳에 와서 생각하며 즐기면 되는 거라고."

처음 온 곳은 역에서 조금 떨어져 있는 노래방.

역에서 벗어난 이유는 이 근처에 놀 곳이 모여 있기 때문이다.

게임 센터와 볼링장, 노래방, 다트장…… 수족관 같은 곳도 근처에 있다.

이 역에서 놀 때는 보통 이 근처까지 나오게 된다.

"자, 그럼 노래해 주실까~. 아키 군."

"나부터 부르라고?"

"물론이지. 평소에 어떤 곡을 듣는지 가르쳐 줘~."

평소……

유행하는 것들은 대충……. 그런데 노래방에 오니 필연적으로 스텔라라는 글자가 눈에 띈다.

다이고와 사라에게는 신경 쓰지 않는다고 말하긴 했지만, 그건 내 이야기. 리욘이 어떻게 느낄지를 고려해 고민하고 있자니 뭔가 착각한 듯한 리욘이 거리를 좁혔다.

"혹시, 아키 군. 노래방에 **그런 목적**으로 온 거야?"

"──윽?!"

리욘이 내 어깨에 손을 얹으며 몸을 기댔다.

"아하하. 그럴 마음이 들었다면 그런 곳에서 해야지, 응? 노래방도 스릴이 있어서 좋을지도 모르겠지만."

장난기 어린 미소를 보이는 리욘에게서는 도저히 그 청초 아이돌의 모습을 상상할 수가 없었다.

그럼에도 불구하고 다가왔을 때의 아우라가 역시 대단하다고 해야 하나, 아니, 그냥 리욘이 귀여운 것뿐일지도 모르겠지만…….

그렇게 생각하며 바라봐서 그런지 리욘이 더 착각하게 만드는 결과가 되었다.

"응? 왜 그래? 아키 군. 어라……. 진심으로 하고 싶어져 버린 거야?!"

"아니, 아니!"

"아하하, 정말…… 큰일이네. 얼굴이 뜨거워. 그냥 내가 노래할래!"

자기가 말해 놓고 여유가 없어지는 구석은 지금까지 봐 왔던 리욘이긴 한데…….

"알아? 이 곡."

"아, 요즘 SNS에서 자주 보이는 거지?"

"맞아, 맞아~! 원래 애니메이션 곡이거든!"

리욘이 그렇게 말하며 마이크를 잡았다.

노래를 부르기 시작한 순간이었던 것 같다.

"오오……."

노래를 부르며 이쪽을 슬쩍 보고 윙크하는 리욘.

그 모습은 리욘과는 별개로, 본래의 아우라를 숨기지 못하고 충분한 매력을 뿜어내고 있었다.

"역시 대단하네……."

작은 목소리로 중얼거렸다.

뭐라고 해야 하나, 이래도 되는 건가 하는 기분을 맛본 노래방이 되었다.

◇

"이것저것 잔뜩 했네~."

노래방에 가고, 또 볼링을 치고, 적당히 여기저기 돌아다니고……. 리욘이 말한 대로 정말 이것저것 잔뜩 한 하루였다.

바깥이 완전히 어두워지긴 했지만, 이 근처는 건물이나 가게에서 빛이 새어 나와서 오히려 지금부터 활기가 더 넘쳐날 것 같은 곳이다.

하지만 우리는 이미 듬뿍 즐기고 역 쪽으로 걸어가고 있는데…….

"결국 그 애완동물 카페에 한 번 더 가기도 했고……, 정말 알차게 보냈네."

처음에는 내가 제안했지만, 중간부터는 리욘이 이것저것 제안해서 이런저런 곳을 돌아다닌 데이트가 되었다.

그리고 그 기세는 아직 건재한 모양이었다.

"있지. 아직 집에 안 가도 되지?"

"그래도 돼……? 이미 꽤 늦은 시간인데."

"괜찮아! 시간을 좀처럼 내기 힘들 것 같기도 하고, 아키 군이 괜찮다면 조금만 더 함께 지내고 싶은데……."

리욘이 눈을 살짝 피하며 말했다.

그런 걸 거절할 수 있는 녀석이 있다면 한 번 보고 싶다는 생각이 들 정도로 완벽한 몸짓이다. 금방 고개를 끄덕이게 되었다.

아니, 딱히 거절할 이유는 없지만, 지금 같은 흐름이라면 **첫 만남 때와 똑같아지더라도** 이상할 게 없단 말이지…….

그런 생각을 하기도 전에 곧바로 대답한 것 같은 느낌이 든다.

"앗싸!"

리욘이 그렇게 말하고는 내 손을 잡고 왔던 길을 돌아가기 시작했다.

"어디 가는데?"

"후후. 잠깐 들를 수 있는 곳."

뭐, 안 좋은 곳에 가진 않을 테니 얌전히 따라가야겠다.

아니, 이렇게 함께 걸어가고 있는 시간만으로도 충분히 즐겁다는 걸 자각하기도 했다.

"후후."

"왜 그래?"

"아니. 같이 걷기만 해도, 나는 이렇게 행복해 하는구나 싶어서."

너무 직설적인 리욘의 말 때문에 굳어 버렸다.

빈틈을 찌르듯이 추가 공격이 날아들었다.

"귀엽단 말이지, 아키 군."

"또 귀엽다고."

"그래도 좋은 쪽으로 귀여운 거니까."

"그 말은 전에도 들었는데……. 나는 리욘이 훨씬 더 귀엽게 보이거든."

"뭐?!"

그 기습에 리욘이 멈추더니 되돌아본다.

"으으, 정말! 그런 구석이 치사하다니까!"

그런 쪽으로는 네네 덕분에 단련이 된 덕분에 주도권을 완전히 넘기는 것만은 겨우 막아 내고 있는 게 다행이다. 아니, 다행인 건……가?

"으…… 뭐, 이건 이거대로 만족스럽긴 하네."

리욘이 마음을 다잡은 듯이 앞쪽으로 돌아선 다음, 이렇게 말했다.

"나는 그 이상을 원하지 않으니까."

나에게서 일부러 눈을 피하려는 듯이 앞을 보고는 하늘을 올려다 보았다.

그 말에 더 이상 파고들면 안 된다는 의미가 담겨 있다는 것 정도는 나도 알 수 있었다.

지금 우리는 다른 사람이 보면 커플이라고 할 만한 거리감을 잡고 있다.

단계를 뛰어넘어서 그 너머로 갈 뻔한 적도 있다.

그런 우리에게 있어서 그렇게 선을 긋는 건 어려운 일이 되었다.

그래서 확실하게 말한 것이리라.

"그 이상, 이라."

"아, 야한 거 생각했지? 어떻게 할래? 호텔 쪽으로 돌아가더라도 상관없는데?"

리욘이 장난기 어린 미소를 지었다.

대답하기 곤란하네…… . 쓴웃음으로 둘러대야겠다.

"그러지 말고. 그런데 목적지가 여기 맞아? 돌아온 느낌인데."

"아~. 차여 버렸네."

그렇게 말하면서 웃는 리욘도 그렇게까지 진심인 것 같지는 않았다.

그렇다고 해서 분위기가 안 좋아지지도 않았다.

결국 우리가 지금 원하는 관계는 그냥 나란히 걸어가는 것뿐인 것 같다.

"목적지라. 이번에는 위쪽이 아니라, 여긴데."

"여기?"

건물 위에는 두 번 신세를 졌던 애완동물 카페.

하지만 이번 목적지는…… .

"게임 센터구나."

"맞아. 이러쿵저러쿵하면서 결국 지나가기만 했으니까, 잠깐 놀다 가기에는 좋겠지?"

"그렇긴 하네."

인형뽑기가 늘어서 있는 게임 센터.

"어떤 거부터 할 건데?"

"음…… 일단은 레이싱 게임부터 차례대로."

리욘의 표정을 보니 생각났다.

원래 우리 둘 다 게이머에, 지는 걸 싫어하는 성격이라는 사실.

"마지막에 볼링 진 걸 신경 쓰고 있는 거야?"

"전혀! 전혀 신경 쓰진 않는데. 아키 군, 그렇게 많이 하진 않았지? 레이싱 계열."

리욘의 표정에 미처 숨기지 못한 그 분함이 넘치는 것이 귀엽게 보였기에 그녀 말대로 함께 게임을 하기로 했다.

"좋았어~!"

"리듬 게임까지 하는구나……."

결국, 둘이서 많은 게임들을 플레이했다.

레이싱과 슈팅 게임부터 시작해서 펀치 머신, 리듬 게임, 농구 게임과 두더지 잡기까지 정말 이것저것 많이도 했고…….

"이겼다!"

리욘이 소리쳤다.

전적은 리욘이 4승, 내가 3승이다.

"큭……."

"후후후. 역시 아키 군은 레이싱 게임까진 안 했구나~."

리욘이 의기양양하게 웃었다.

그녀가 약점을 노리고 레이싱 게임만 두 번 하긴 했지만, 그걸 변명할 거리로 삼고 싶진 않다……

뭐, 이겼다고 뽐내는 리온이 귀여우니까 상관없지, 그렇게 머리를 조금 식히고 있자니……

"아키 군, 복수하고 싶지 않아?"

"리듬 게임하고 레이싱은 이제 좀 피하고 싶은데."

"나도 알아~. 참패했잖아."

"이 녀석……"

천진난만하게 웃던 리온을 손가락으로 살짝 찔렀다.

"아하하. 미안, 미안. 그럼 다른 거. 인형뽑기로 승부하지 않을래?"

"인형뽑기…… 몇 번만에 뽑는지 겨루는 건가?"

"맞아. 난 저거 갖고 싶어!"

"저거…… 실제로는 랜덤이잖아……"

리요가 손가락으로 가리킨 곳에 자리잡고 있던 거대한 인형뽑기.

안에 들어있는 경품도 거대한 곰 같은 인형인데, 저런 타입인 기계는 조정이 가해져 있다……. 즉, 기술이 아니라 운으로 뽑을 수 있는 타이밍이 정해져 있는 기계다.

일정 확률로 집게가 강해지기 때문에 그게 걸릴 때까지는 뽑을 수가 없다.

승부를 하기에는 좀 그렇지 않나 하는 의문이 먼저 들었지만……

"그래도, 저거 갖고 싶어."

리욘이 약간 부끄럽다는 듯이 아래쪽을 내려다보며 그렇게 말했다.

그런 모습을 보고 거절할 수 있을 남자는 없을 것이다. 여기에 오자고 할 때도 그랬는데, 리욘은 노리고 그러는 게 아니라 원래 그런 것 같네…….

뭐, 그건 상관없고.

인형뽑기. 파고들 정도까지는 하지 않지만, 대충 하는 법이나 구조도 알고 있으니 뽑을 수는 있을 것이다.

지갑을 확인하고…… 어떻게든 되려나.

지폐 몇 장을 500엔 동전으로 바꾼 다음, 인형뽑기 기계 쪽으로 갔다.

"해볼까."

"힘내!"

이제 승부조차 아니게 되기는 했지만, 어떤 의미에서는 질 수 없는 싸움이 시작된 건지도 모르겠다.

하지만 이런 타입은 매번 조준이 빗나가지만 않으면 언젠가는 딸 수 있다.

반대로 말하자면 그 때가 올 때까지는 정확하게 노려 봤자 딸 수가 없지만…….

"오오! 들어 올렸어! 대단해! 대단해!"

리욘이 신이 나서 내 어깨에 손을 얹으면서까지 방방 뛰었지만…….

"뭐, 단숨에 뽑을 순 없겠지."

들어 올렸던 인형은 예상대로 배출구에 도착하지도 못하고.

"아앗! 떨어져 버렸네……."

그 직전에 집게가 내팽개치듯이 떨어뜨렸고, 몇 번 튕긴 다음에 원래 위치 근처까지 돌아갔다.

"원래 이런 기계니까."

"으으……."

아무런 말도 하지 않고 두 번째 시도.

그러기 위해 500엔짜리 동전을 바꿔서 승부에 나선 것이다.

"아앗!"

"앗!"

"으으으."

귓가에서 끙끙대는 리온의 목소리가 수상쩍은 느낌으로 바뀌자 그쪽에 정신이 팔렸지만, 조준이 빗나가지 않게끔 하며 계속해 나갔다.

그리고…….

"앗! 음…… 앗!"

"오, 이번에는 딸 수 있을지도 모르겠는데."

"정말로?!"

리욘은 활짝 밝은 표정을 지으며 나와 기계를 번갈아가며 보았다.

그리고…….

"땄다아아아아아아아! 대단해! 대단해!"

천진난만하게 기뻐하던 리욘이 기세를 그대로 살려서 나를 끌어안았다.

이제는 승부라는 명분도 잊어버린 모양이었다.

"으엇?!"

"앗싸아아아아아아."

리욘은 신경 쓰지도 않고 힘을 세게 주었다.

횟수도 딱 적당했고, 지갑에 입은 대미지도 예상 범위 이내다.

땄다는 사실에 안심하며 일단 진정한 리욘에게 물러나게 한 다음, 배출구에서 거대한 인형을 꺼냈다.

"자."

"받아도 돼?!"

"그러려고 뽑은 거니까."

"앗싸…… 고마워!"

리욘이 인형을 꼬옥 끌어안았다.

이렇게 그림 같은 광경을 본 것만으로도 후회는 없다.

"아, 든 비용은 내가 낼게."

"필요 없어. 그건 선물로 주고 싶으니까."

"선물…… 그렇구나. 그렇구나, 후후."

그녀가 좀 전보다 부드러운 미소를 지으며 다시 인형을 끌어안았다.

　지금까지 봐 왔던 어떤 리욘보다 귀여운 모습이었다.

　"있지, 아키 군. 마지막으로 한 가지만 더 함께 해줄래?"

　"상관없긴 한데, 또 뭔가 할 거 있어?"

　"응. 그게 제일 중요하거든."

　리욘이 응석을 부리는 듯이 말했다.

　곧바로 그녀가 앞장서서 나를 데리고 간 곳은…….

　"여기, 내가 들어가도 되는 거야……?"

　반짝반짝 빛나는 스티커 사진 코너였다.

　"자, 자. 여자애하고 같이 들어가면 괜찮아!"

　리욘이 말한 대로 여성 한정이라는 문구 아래에 여성을 동반한 남성은 입장 가능이라고 적혀 있었다.

　"그래도 좀 껄끄러운데……."

　"안 돼?"

　"알면서 그러는 거지?"

　일부러 고개를 갸웃거리며 떼를 쓰고 있다.

　그런 약삭빠른 모습에 계속 속을 내가 아닌……데…….

　"아하하. 뭐, 그래도 찍고 싶은 건 진심이야."

　리욘이 진심으로 조르기 시작했다.

　이렇게 된 이상, 거절할 수가 없겠는데…….

　"뭐, 찍고 싶다면 좋아."

　"에헤헤. 고마워! 그럼 가자~!"

리욘이 내 손을 잡고 앞으로 나아갔다.

이곳에서 따로 떨어지는 것보다는 이렇게 척 보기에도 리욘을 따라왔을 뿐이라는 걸 알아볼 수 있게 하는 게 더 낫겠다는 생각을 하며 따라갔다.

"스티커 사진이 이런 느낌이구나."

"그런 모양이네~."

리욘이 마치 남 일처럼 말했다. 리욘도 찍은 적이 별로 없나…….

하지만, 그런 사실에 태클을 걸 여유는 없었다.

"자, 자. 찍는다~."

"벌써?!"

"맞아, 맞아. 요즘은 동영상까지 있어서 바쁘다고!"

"진짜로…… 아."

"아하하! 입 벌리고 있네."

"신호도 너무 갑작스럽지 않아?!"

"자, 자, 그렇게 말하는 동안에 다음 단계로 넘어가 버린다고."

그렇게 이야기를 주고받으면서, 처음부터 끝까지 제대로 따라가지도 못했다. 웃으면서 장난을 치는 것처럼 나를 끌어안거나 손을 잡는 걸 반복하던 리욘에게 휘둘리기만 했다.

『다음이 마지막! 찰싹 달라붙어!』

스티커 사진기에서 그런 지시가 나왔다.

이제는 스티커 사진기의 지시에 따르는 것만으로도 벅차서 아무런 생각도 할 수 없을 만큼 여유가 없는 상황에서 시키는 대로 리욘 쪽으로 다가간 다음에 카메라를 보았는데⋯⋯.

"이 정도는 괜찮지?"

"어⋯⋯."

『3, 2, 1⋯⋯, 찰칵.』

기계에서 흘러나온 무기질적인 소리와 동시에 갑자기 볼에 키스를 당했다.

"후후. 이러면 안 돼?"

"아니⋯⋯."

"그럼 됐고. 그걸로도 만족한다고 해놓고, 조금 욕심을 내 버렸어."

리욘이 소악마 같은 표정을 지으며 웃었다.

멍해진 채로 굳어 버려서 다시 움직일 때까지는 시간이 조금 걸렸다.

너무 갑작스럽다.

다행히 리욘도 여유가 없어졌는지 얼굴이 빨개졌고, 덕분에 그 이상 공격당하진 않았다.

그런 다음에 요즘 기계는 낙서 같은 게 없고 그 대신 보정이나 편집을 한다거나, 휴대폰으로 데이터를 보낼 수 있다는 걸 이것저것 배우며 흐름에 몸을 맡겼지만, 게임 센터를 나서고도 시간이 좀 지날 때까지 아까 그 충격 때문

에 머리가 잘 돌아가지 않았다.

"즐거웠어~!"

역으로 가는 길을 걸어가며 리욘이 그렇게 말했다.

"그러게."

정말로 좋은 하루였던 것 같다.

더할 나위 없을만큼 하루에 일정을 빽빽하게 담아서 충실한 데이트가 된 것 같다.

하지만…….

"……네네가 말하지 않았다면 눈치채지 못했겠지."

리욘을 만나기 전에 네네에게 말해 두길 정말 잘했다고 생각하면서 그때 나누었던 대화를 떠올려 보았다.

◆

"그러고 보니, 내가 말했던 리욘, 아이돌이었던 것 같아."

"흐~응…… 엥? 뭐?"

네네가 또 우리 집에 와서 멋대로 두고 간 레몬티를 끓이라고 한 다음에 느긋하게 지내는 모습을 보고 은근슬쩍 이야기를 꺼내 봤는데…….

"오빠, 머리가 이상해졌어?"

"역시 그렇게 생각하겠지."

내가 생각하기에도 그렇긴 한데, 네네는 잠깐 생각에 잠긴 듯한 낌새를 보이더니 이렇게 말해 주었다.

"아니지, 오빠가 아무런 이유도 없이 이상한 말을 할 리는 없고. 대체 무슨 소리야?"

네네가 몸을 일으키고는 물었다.

이렇게 진지한 이야기를 할 때 곧바로 대답해 준다는 게 네네의 장점이다.

"사라⋯⋯. 저기, 항상 가는 편의점 점원, 알아?"

"항상 가는⋯⋯. 그 애구나~. 피어스한 귀여운 애."

"맞아, 맞아."

네네도 같이 자주 갔으니까 서로 얼굴은 알고 있다.

"그 애가 그러던데⋯⋯. 나도 확신이 드는 건 아니지만, 지금까지는 부정할 만한 근거가 없어서."

"그렇구나. 뭐, 오빠보다는 신빙성이 있긴 하지. 여자애 의견이니까."

은근슬쩍 바보 취급당한 것 같긴 하지만, 지금은 그냥 넘어가야지⋯⋯.

"그래서, 왜 나한테 말한 건데? 오빠는 쓸데없이 비밀을 털어놓는 사람이 아니잖아?"

네네가 직설적으로 딱 잘라 말했다.

네네의 이런 구석이 항상 제멋대로 굴더라도 미워할 수 없는 이유 같다.

"눈치가 빨라서 좋긴 한데⋯⋯. 내가 그런 비밀을 알게 된 상황에서 어떻게 해야 할까?"

"어떻게 해야 하냐니⋯⋯. 오빠는 딱히 신경 쓰지 않는 거지?"

"그래."

그렇다.

나 자신은 신경 쓰지 않는다.

하지만, 리온은 그렇지 않다.

나는 그런 민감한 부분에 둔하다는 자신이 있고, 그렇기 때문에 아마 그렇게까지 신경 쓰지 않았겠지만……. 그래도 아무런 생각도 하지 않을 만큼 둔하진 않다.

"그렇구나~. 오빠 나름대로 신경을 쓴 건……가."

네네는 잠시 생각에 잠긴 다음, 이렇게 말했다.

"이미 알고 있겠지만, 오빠가 먼저 말하지 않는 게 좋을 거야. 그야, 말할 필요가 없잖아?"

"그래."

"딱히 다른 사람들에게 말하고 다니는 것도 아니고, 내 예상이긴 하지만, 둘 다 지금까지처럼 지내는 게 제일 좋을 거야."

그럴 것 같다.

다행이네. 지금까지는 예상대로, 이긴 한데…….

"그래도 혹시 떠나려 한다면 제대로 잡아 두는 게 좋을 것 같아."

"떠난다고……?"

물론 그런 일이 생기면 그렇게 할 생각인데, 그렇게 당연한 걸 왜 지금? 그런 생각도 들었지만…….

"아, 오빠, 그건 괜찮을 거라고 생각했지?"

네네가 훤히 들여다보는 듯이 웃었다.

네네가 계속 말했다.

"떠나려고 하는 낌새를 알아챌 자신이 있어?"

"그건……."

어렴풋하게는, 그렇게 생각한 것과 동시에 네네가 일부러 그렇게 말하는 이유가 뭘까 하는 생각도 들었다.

"그렇게 알아보기 쉽게 보여 줄 리가 없잖아. 평소 네네가 그러는 것처럼 아예 끝내려고 하는 거라면 모를까, 분명히 그게 아닐 텐데."

자세하게 이야기를 한 적이 있는 것도 아닌데, 네네는 뭐든지 다 알고 있다는 듯이 말했다.

그렇기 때문에 네네에게 의지하려고 한 거지만.

"내 짐작이긴 한데, 아마 엄청 알아보기 힘들 거야. 아니, 반대로 오빠는 평소보다 사이좋게 지내게 되어서 다행이라고 착각하다가 그 이후로 연락이 끊기게 되지 않을까?"

"어……."

"생각해 봤단 말이지. 사실은 좋아하는데 뭔가 이유가 있어서 떠나야만 한다면 내가 어떻게 할 건지."

네네가 눈을 감고 생각에 잠긴 듯이 말했다.

"아마도, 평소보다 훨씬 더 응석을 부릴 거야. 그리고 가능하면 뭔가 형태로 남는 걸 받고, 그런 다음에 전부 끝내겠지."

"전부……."

"응. 더할 나위 없을 만큼 응석을 부리고, 그걸 마무리로 하려고 하지 않을까?"

네네가 눈을 뜨고 왠지 모르겠지만 응석을 부리는 듯한 눈빛으로 나를 보았다.

무심코 넋이 나갈 뻔하던 참에 네네가 마치 노린 듯이 웃으면서 이렇게 말했다.

"방금 이 눈빛, 잊으면 안 된다? 이걸 봤을 때, 그날은 절대로 돌려보내면 안 되니까."

네네가 장난기 어린 미소를 지으며 그렇게 말했다.

모르던 것을 배우게 된 한편…….

"방금 그건 일부러 그런 거니까 무시해도 되지?"

"어, 딱히 상관없는데~? 네네를 오늘 돌려보내지 않더라도."

그렇게 말하며 웃었다.

1인칭이 내가 아니라 네네로 돌아와 있는 걸 보니 괜찮을 것 같다.

아니, 지금 같은 상태인 나에게 더 이상 쓸데없는 생각을 하게 만들 만큼 네네는 심술궂지 않으니까.

"뭐, 둔감한 오빠 상대로 네네가 그런 짓을 할 날은 안 올 거야. 좀 더 알아보기 쉽게 할 테니까, 응?"

그렇게 말하면서 어느새 내 무릎 위에 머리를 기댔다.

"그럼, 상담료로 쓰다듬어 주셔야겠네요~."

"그래, 그래."

그렇게 항상 하던 이야기를 주고받고는 대화 내용도 평소에 그랬듯이 잡담으로 돌아왔다.

◇

"리욘."

"어……, 왜 그래?"

집에 가는 길.

이제 역으로 가서 헤어지기만 하면 되는 상황에서 나는 리욘을 불러세웠다.

"조금만 더 함께 있어 줄래?"

"……나는 상관없긴 한데, 아키 군은 막차가 끊겨 버릴 텐데?"

"뭐, 그때는 그때 가서 생각하고."

리욘은 한순간 생각하다가…….

"좋아."

그렇게 말하며 웃어 주었다.

◇

"이유가 뭘까……. 새삼…… 긴장되네."

리욘은 실제로 안절부절못하고 있는지, 약간 당황한 듯

이 메뉴판을 펼쳤다.

우리가 온 곳은 어디에나 있을 법한 곳, 밤까지 영업을 하는 패밀리 레스토랑이었다.

"뭐 먹을래?"

"이 시간에 먹으면 살쪄! 책임져 줄 거야?"

"저번에 라멘을 먹으러 갔던 녀석이 그런 말을 해?"

"아하하, 그래도 말이지. 같이 운동 같은 거…… 할래?"

리욘이 슬쩍 웃으며 말했다.

알면서도 그러는구나…….

"미안, 미안. 뭐, 일단 디저트하고 드링크 바 정도는 주문할 거야."

그렇게 말하고는 점원을 부른 다음에 둘 다 음료수를 챙겨서…….

"자, 새삼스럽지만……. 나한테 할 이야기가 있지?"

이것저것 각오를 다진 듯한 표정으로 리욘이 나를 똑바로 바라보았다.

리욘도 뭐, 이미 알고 있을 것이다.

"눈치챘지? 내가 리욘이 스텔라의 리요라는 걸 눈치챘다는 거."

알아듣기 힘든 말이긴 했지만, 리욘에게는 단번에 전달되었으리라.

네네가 조언해 주지 않았다면 틀림없이 이렇게 되지는 않았을 것 같다.

그래도 이렇게 네네가 예상한 대로, 무리하는 것처럼 응석을 부리는 리욘을 볼 수 있었던 건 어떤 의미로 운이 좋았던 건지도 모르겠다.

그러지 않았다면 나는 그 사인을 놓쳤을 것 같으니까.

"아하하. 들켜 버렸구나."

리욘은 가벼운 말투로 그렇게 말하며 헛웃음을 보였다.

"그러게……. 그리고 나중에 내가 어떻게 하려고 했는지도 이미 알고 있겠네?"

"……이번을 마지막으로 하려던 참이었다. 맞아?"

리욘이 깜짝 놀랐다.

"대단하구나. 아키 군."

"아니……."

"후후. 아니면 누가 가르쳐 준 거야?"

"으윽……."

대단한 게 대체 누구냐고 생각하면서 리욘을 노려보듯이 바라보았다.

"정말~. 왜 들켜 버린 거야……. 친척 애가 예리해?"

"아니, 예리한 건 편의점에 있던 애야. 리욘을 직접 봤으니까."

"아……. 이거참, 잘 숨기고 있는 줄 알았는데."

그렇긴 할 것이다.

실제로 지금도 톱 아이돌이 이런 곳에 있는데도 아무도 신경 쓰는 낌새를 보이지 않으니까.

아니, 뭐, 정확히는 엄청나게 귀여운 애가 있다는 시선은 쏠리고 있지만, 그러면서도 아이돌의 모습을 연상하지 않을 정도로 리욘의 변장이 완벽했으니까.

"에휴……. 아키 군 주위에 있는 여자애들이 대단했다는 게 오산이었네."

리욘이 위를 올려다보았다.

표정은 밝았고, 아예 들켜서 속이 시원해졌다는 분위기조차 느껴졌다.

하지만, 이렇게 된 이상, 그대로 대충 넘어갈 수는 없었기에 리욘도 다시 이쪽을 보며 말하기 시작했다.

"저기, 아이돌이라는 걸 들킨 상황에서는 아키 군하고 너무 사이좋게 지내게 된 것 같다는 생각이 들어서."

리욘이 이쪽을 똑바로 보며 말했다.

"리욘인 채로는 그래도 상관없다고 생각했어. 하지만, 그러지는 못하게 되어 버렸지. 아~, 지금부터 나는 마에다 리요로서 아키 군하고 맞부딪힐 필요가 있겠구나……, 그렇게 생각해서……."

그렇구나…….

응?

"마에다……?"

"아, 맞다. 본명이야. 일단 아이돌 때는 이름을 바꿨어. 크게 다르진 않지만."

"아, 그렇구나."

"아하하. 이런 형태로 본명을 가르쳐 주게 될 줄이야."

리욘이…… 아니, 리요가 웃었다.

그러고 보니 처음 만났을 때 그런 이야기도 했었지.

반대로 말하자면 지금까지 본명에 대해 한 번도 언급하지 않았다는 뜻이다.

"그쪽 이름으로 부르는 게 나을……까?"

"잠깐만. 본명은 자극이 너무 강할 것 같아."

좀 전까지 보이던 진지한 아우라가 단숨에 사라지고 여유를 잃은 채 허둥대는 리욘이 거기에 있었다.

"그럼 리욘이라고 불러야겠네."

"아니, 그건 좀 아까운 것 같기도 하고……."

대체 뭐야…….

그래도 조금 원래 모습이 돌아온 건 다행이네.

리욘도 말하기 조금 편해진 듯이 이야기를 이어 나갔다.

"아무튼 말이야. 리욘으로서만의 관계가 아니게 되어버리는 게 두려웠어. 아이돌로서의 책임 같은 것도 있긴 하지만, 무엇보다, 아마도 아키 군에게 전부 들킨 다음에 리욘이 아닌 나를 보여 주면서 만나는 게 두려웠어."

"두렵다……고."

"그래서 도망치려고 했는데……. 아키 군이 일부러 붙잡아 줬으니까, 제대로 책임을 져줄 거지?"

"어……."

"설마 아무 생각도 없이 불러세운 건 아니겠지? 그런 부분은 어때?"

리욘이 마구 다그쳤다.

실제로 그런 부분에 대해서는 전혀 생각하지 않았기에 말꼬리를 흐리는 나를 보고 리욘이 웃었다.

"아하하. 미안, 미안. 조금 놀렸을 뿐이야."

"이 녀석……."

"후후. 그래도 어떻게 할지는 생각해야겠지?"

리욘이 진지한 표정으로 말했다.

그것에 대해서 나는 이미 답을 가지고 있긴 한데…….

"리욘은, 어떻게 하고 싶어?"

일부러 리욘에게 물었다.

"……물론, 그대로 사이좋게 지내고 싶어."

다행이네.

나와 같은 생각이다.

그러니까…….

"그럼 그걸로 충분하지 않아?"

쉽사리 그렇게 딱 잘라 말했다.

리욘이 맥이 빠진 듯한 표정을 짓고 있기에 계속 말하기로 했다.

"나는 리욘하고 계속 친하게 지내고 싶고, 리욘도 그렇다면 다른 건 나중에 생각해도 되지 않을까 해서."

"후후. 그렇구나. 어디까지나 리욘이라면…… 말이지."

"그런 뜻이야."

"그래. 응, 그렇구나……. 아키 군은 나를 리욘으로서만 볼 수 있어?"

리요가 내 눈을 똑바로 바라보며 물었다.

답은…….

"힘들 것 같은데."

"훗. 하하. 솔직하게 대답해 버리는구나."

거짓말을 하면서 얼버무릴 관계는 아닐 것이다.

그러니 지금은 솔직하게 대답한다.

"알아 버린 이상, 그 사실을 없었던 일로 만들 수는 없을 거야. 아마 TV나 거리에서 보면, 그럴 때마다 생각이 날 테니까."

"흐응~. 생각이 나는 수준이구나."

그렇다.

결국 나는…….

"리욘으로서 지내고 싶다면 나도 그렇게 대할게……. 아니, 리욘이 그렇게 하는데 내가 이것저것 생각할 만큼 재주가 좋은 것도 아니고, 리욘이 내 앞에서 리욘으로 있어 준다면 나도 그렇게 생각하면서 대할 거야. 그렇게밖에 못하니까."

애초에 사라가 말하지 않았다면 눈치채지도 못했다.

만났을 때 무대 의상이라도 입고 온다면 모를까. 이런 차림새로, 이런 태도로 말할 때 아이돌이 떠오르진 않을 것이다.

정체를 알고도 만난 오늘조차 그랬으니 그 부분만큼은 보장할 수 있다.

딱히 아이돌이라서 좋아하는 것도, 이야기를 나누는 것도 아니다.

나는 리욘이 리욘이니까 이렇게 만나서 이야기를 나누는 거고.

내 말을 듣고 리욘이 부드러운 미소를 보였다.

"후후. 그렇구나. 리욘인 채로 있어도 되는구나."

"그렇지."

이것저것 문제는 아직 남아 있을 것이다.

하지만 이게 문제를 해소하는 데 있어서 가장 좋은 대답인 것 같다. 두려워하던 리욘에게 있어서.

"그래, 그렇구나. 그런 거구나."

리욘이 혼자서 몇 번 똑같은 말을 반복했다.

그리고.

"좋아! 나도 하고 싶은 대로 할 거야! 그래야지!"

리욘의 표정이 바뀌었다.

"리욘은 그러기 위해 만든 계정이었고, 아이돌인 나와는 다르고, 무엇보다 아키 군이 받아들여만 준다면 상관없어! 그렇게 할래!"

그제야 표정이 활짝 밝아졌다.

"다행이네."

"뭐, 그래도 아이돌이긴 하니까⋯⋯. 이제 아키 군은 공범인 거야."

리욘이 씨익 웃었다.

"공범……이라."

"좋지?"

"좋네."

몸을 완전히 허락한 것도 아니고, 당연히 연인 관계가 된 것도 아닌 이 이름없는 관계에 가장 어울리는 이름이 붙은 건지도 모르겠다.

"아이돌인 나는 역시 아키 군만의 것이 될 수가 없으니까, 몸만 허락하는 걸로 할게."

"몸도 허락하지 않는 게 나을 것 같은데……."

"싫어?"

리욘이 장난기 어린 미소를 지었다.

그 질문에는 대답할 수 없었지만, 대답하지 못한 시점에서 내 패배일 것이다.

리욘도 만족스러운 듯이 웃을 뿐이었다.

"아, 맞다."

"응?"

"아키 군은 이름 안 가르쳐 줘?"

"아……."

"아키토야."

이제는 기어코 처음에 했던 변명을 써먹지 못하게 되었구나.

"좋은데. 어느 쪽으로 부를까."

방긋방긋 웃는 리욘의 표정은 TV에서 본 것과는 분명히 다른 매력을 뿜어내고 있었다.

형편 좋은
지뢰계 그녀와
몸뿐인
관계를

숙박 데이트

"있지, 이 뒤에 시간 있어?"

"이 뒤……?"

패밀리 레스토랑에서 한참 이야기를 나눈 다음, 리욘이 나에게 그렇게 물었다.

가게도 아직 영업을 하고 있는 시간이기도 하고, 오늘은 주말이다.

"딱히 일정은 없는데."

그렇게 대답했지만, 그렇다고 해서 이 시간에 어디를 가나 싶었더니…….

"우리 집, 안 올래?"

"어……."

"아~. 저기…… 딱히 이상한 의미가 아니라고 해야 하나. 아니, 음……. 아키 군하고 좀 더 함께 있고 싶은데, 안 될까?"

거절할 수가 없는 제안이었다.

"상관없긴 한데, 괜찮겠어……?"

"물론이지! 이래 봬도 나, 방은 언제든지 깔끔하게 청소해 두거든?"

그런 문제인 건지는 일단 제쳐 두기로 하고, 일단은 리욘의 제안을 거부할 근거가 없……지?

지금 상대는 리욘이다. 평범한……이라고 하면 좀 그렇지만, 친구 집에 갈 때 망설일 필요는 없을…… 테니까.

"그럼 바로 갈까."

"그래. 뭐라도 사 갈래?"

"아니~. 아마 어지간한 것들은 있을 테니까 괜찮아!"

"그럼……."

그러고 보니 리욘이 왔을 때는 과자를 선물로 가지고 오기도 했는데, 그냥 가도 되는 건지 생각하고 있자니 리욘이 내 표정을 읽었는지 이렇게 말했다.

"후후. 신경 쓰지 마. 몇 번이든 와 줬으면 하니까."

적어도 이번에는 그 호의를 받아들이도록 해야겠다.

◇

"저 집인데, 일단은 시간을 두고 들어갈까? 이게 예비 열쇠니까 오토록은 이걸로 풀어. 방 번호는──."

거의 막차였지만, 전철로 몇 정거장 이동해서 목적지 근처까지 간 다음, 엄청 호화로운 아파트 앞에 도착했다.

골목 하나 너머에서 리욘이 열쇠에 대해 설명해 주었다.

패밀리 레스토랑에 있었을 때는 그렇지 않았지만, 왠지 이렇게 되니 정말로 다른 세상 사람인 것 같네.

"제대로 듣고 있어?"

"아, 미안. 잠깐 멍하니 있었네."

"정말~. 그래도 미안해. 사실은 이렇게 신경 쓰게 만들고 싶지 않은데, 일단은 무슨 일이 있을지 모르고, 무슨 일이 생기면 아키 군에게 폐를 끼쳐 버리게 될 테니까."

리욘이 무슨 말을 하는 건지 충분히 이해가 되고, 나도 리요에게 폐를 끼치는 걸 원하지 않으니 상관없다.

그리고 지금 같은 리욘의 모습을 보고 아이돌을 연상할 수 있는 사람은 지금까지도 꽤 드물었던 것 같다. 사라가 조금 이상할 뿐이지. 그리고 이렇게 가까운 거리에서 이야기를 하지 않는 한, 눈치챌 수가 없는 수준이기에 거의 변장이나 마찬가지다.

만에 하나를 대비한다는 의미가 더 강할 거라고 진지하게 생각하고 있었는데, 아무래도 리욘에게는 다른 꿍꿍이가 있었던 모양이다.

"공범 같아서 좋네."

자기가 꺼낸 말이 마음에 들었는지, 아니면 이런 관계가 마음에 들었는지는 모르겠지만, 신이 난 것 같았다.

그리고…….

"헤헤헤……. 예비 열쇠를 줘 버렸네."

방긋 웃는 리욘이 귀엽다.

그게 아니라…….

"방에 들어가면 돌려줄 생각이었는데."

"뭐?! 왜 그렇게 심한 짓을 하는데?!"

심한 짓인가……?

뭐, 그래도 이런 것 또한 리욘이 하고 싶어하는 일 중 하나니까⋯⋯.

"리욘이 괜찮다면 나도 상관없긴 한데."

헤실거리는 리욘을 보고 있자니 잘못된 변화가 아니라는 걸 알 수 있으니 괜찮긴 하지만⋯⋯.

"일단은 들어갈까⋯⋯."

"응! 그렇게 시간을 오래 둘 필요는 없으니까! 바로 와."

"알겠어."

리욘이 후다닥, 뛰어갔다.

넓은 현관을 지나 모습이 보이지 않게 되는 것을 바라보았다.

"⋯⋯이것만 보면 말 그대로 사는 세계가 다르네."

눈 앞에서 사라지자 그런 마음이 더욱 강해졌다.

"이거, 안 돌려줘도 되는 건가⋯⋯."

받은 예비 열쇠를 바라보며 생각했다.

무게가 있다고 해야 하나⋯⋯. 척 보기에도 고급스러운 느낌이 드는 아파트에 들어가려고 하니 긴장감 같은 게 느껴졌다.

"슬슬 갈까."

마침 리욘이 메시지로 '이제 와도 돼'라고 연락했다.

이렇게 거창한 보안이 되어 있는 건물에 들어간 경험은 거의 없기에 약간 긴장하면서도 딱히 문제 없이 엘리베이터를 타고 그녀가 지정한 층으로 가 보니⋯⋯.

"아, 아키 군, 이쪽이야! 이쪽!"

"기다려 줬구나."

"방에 한번 갔다 오긴 했지만 말이지."

엘리베이터에서 내리자마자 리욘이 맞이해 주었다.

"가자, 가자!"

리욘이 곧바로 내 팔을 잡고 걸어가기 시작했다.

"여기에서는 괜찮아?"

"건물 안에서라면 기본적으로 괜찮으니까! 적어도 카메라로 도촬당할 우려는 별로 없고, 이런 차림새라면 괜찮겠다 싶어서."

뭐, 그 패션일 때는 그렇겠구나.

"뭐, 괜찮다면 상관없지만."

"응, 응. 팍팍 가자~!"

기세만은 좋지만, 아파트 복도이기에 거리가 그리 멀지도 않았기에 곧바로 목적지에 도착했다.

보이는 범위이기 때문인지, 잠그지도 않았던 문에 리욘이 손을 대고……

"어서 와! 아키 군."

"실례합니다."

문을 연 순간, 내부 전체를 한눈에 볼 수 있는 우리 집과는 달리 제대로 된 복도가 있었다.

아마 제일 안쪽이 거실일 것이다. 그곳 말고도 몇 군데 문이 있는 걸 보니 혼자 살기에는 꽤 넓은 집이라는 게 짐작되었다.

현관도 꽤 넓었다.

그럼에도 불구하고 대충 벗어 둔 신발 하나 없이 정돈되어 있는, 깔끔한 집이었다.

"처음으로 이렇게 좋은 집에 와봤네."

"아하하. 혼자 사니까 물건이 별로 없어서 생활감이 거의 안 느껴지는 레이아웃이 되어 버리거든."

"그렇구나……."

뭐, 그뿐만이 아니라 성격 때문이기도 하겠지만.

그런 부분도 지금까지 알지 못했던 신선한 부분일지도 모르겠다.

"뭐, 일단은 들어와~. 세면장은 들어와서 바로 왼쪽…… 아니, 내가 먼저 가면 되겠구나."

신이 난 리욘을 따라서 안으로 들어갔다.

손을 씻고 가장 먼저 보였던 제일 안쪽 문을 열자…….

"오오……."

"왠지 처음 왔을 때부터 계속 놀라기만 하네~."

부엌 쪽으로 향하던 리욘이 말했다.

어쩔 수 없단 걸 이해해 줬으면 싶다. 넓이가 얼마나 되는지 짐작도 안 되는 거실과 크기도 제대로 알아볼 수 없을 만큼 커다란 TV.

아마 TV 앞에 있는 소파조차 우리 집 침대보다 더 푹신푹신할 것 같다.

"자기 집처럼 편하게 지내."

"말도 안 되는 소리하지 마."

"아하하. 아, 혹시 게임이라도 하면서 기다릴래? 홍차도 좀 준비하고 해야 해서."

부엌에서 리욘이 그렇게 말을 걸었지만…….

"이 방에서도 게임할 수 있어?"

"응. 컴퓨터는 다른 방에 있는데, 이쪽에도 게임은 있어."

기본적으로 우리가 즐기는 게임은 컴퓨터로 조작하는 경우가 많다.

나는 컨트롤러 같은 걸 전부 손이 닿는 범위 안에 두는데, 이곳은 애초에 게임 요소 같은 것을 찾아볼 수가 없다.

찾아볼 엄두가 안 날 정도로 깔끔한 방이다.

그러던 와중에 하던 일을 마친 것 같은 리욘이 내 쪽으로 와주었다.

"여기 전부 들어 있는데……."

리욘이 그렇게 말하며 TV 받침대 서랍을 열었는데…….

"아…….."

"응? 아…….."

리욘이 발견한 것이 내 눈에도 들어와서 똑같은 반응을 보였다.

"아아아아니야?! 이건 딱히 그럴 생각인 게 아니라!"

알아보기 쉽게 당황하며 그걸 들고 뒤쪽으로 숨겼지만, 그 행동에 무슨 의미가 있는지는 모르겠다.

"으으…… 아니라고오……."

한순간 보인 그것은 틀림없이 사라가 우리 집에 두고 갔던 것과 같은, 콘돔이었다.

사라가 떠넘기기라도 했나? 그런 생각이 들긴 했지만, 아무리 그래도 여기까지 오진 않았을 것이다.

"어라? 그럴 생각이 아니라고 하면…… 왜 가지고 있는 거야……?"

"으아~! 아니라고! 이거 봐! 새 거잖아! 안 썼어! 쓸 사람도 없어! 아키 군뿐이야! 아니지! 그런 게 아니라으아아아아아."

얼굴을 새빨갛게 물들인 채 당황하고 있다.

손까지 마구 움직인 탓에 모처럼 숨겼는데 의미가 없어졌다.

사라가 나에게 떠넘겼을 때는 몰랐는데 사이즈 차이가 있구나……. 커다란 사람용이라고 적혀 있는데…….

"이건 그게 아니라! 저기! 혹시 아키 군 게 크더라도 괜찮게끔……. 대는 소를 겸한다고 하니까!"

점점 자기 무덤을 파는 것 같은데…….

"아니, 뭐, 우리 집에도 있으니까 너무 당황할 필요는."

도와줄 생각으로 그렇게 말했더니…….

"어?! 아키 군! 누구하고 썼어?!"

"안 썼거든?!"

"정말로?! 그럼 왜! 내가 갔을 때는 없었잖아?!"

"그야 그렇긴 한데……."

"나 말고도 그런 상대가 있다는 뜻이야?!"

애초에 리욘이 그런 상대인 건지도 문제지만, 일단 일찌감치 오해를 풀어야겠다.

"저기, 사라가 나한테 떠넘겼거든."

"사라라면, 그 편의점 애 맞지……? 왜?"

지극히 당연한 질문이었다.

"그건…… 나도 물어보고 싶다고. 일단은 리욘하고 쓰라고 가지고 온 것 같던데……."

"그래?"

볼을 붉히며 약간 기뻐하는 것 같은 리욘의 심리를 이해할 수가 없다.

"그럼 아키 군도 뜯지 않은 콘돔이 집에 있구나."

리욘이 약간 쑥스러운 듯이, 그리고 약간 기쁜 듯이 그렇게 말했지만, 그 오해도 일찌감치 풀지 않으면 나중에 큰일이 날 것 같으니 미리 말했다.

"저기…… 네네가 왔을 때 뜯었어."

"어?"

아…….

이야기 순서를 착각했다.

리욘의 표정이 알아보기 쉽게 죽어 버렸다.

"아니! 쓴 게 아니라! 그냥 이게 뭐냐면서 뜯어 보더니, 찐득거린다면서 버리더라고!"

"네네······. 친척 애라고 한 게 그 애야?"

"맞아, 맞아."

그것부터 말했어야 했는데.

나도 꽤 당황해서 여유가 없구나······.

"흐응, 그렇구나아······. 흐응······."

리욘은 어떤 표정을 지어야 할지 모르겠다는 느낌으로 눈을 이리저리 굴렸다.

무슨 심정인지는 알겠어, 그렇게 생각하고 있자니 그녀가 전혀 이해가 안 되는 말을 꺼냈다.

"뭐, 최종적으로는 아키 군이 누구하고 그런 걸 하더라도 상관없긴 한데······."

그녀는 고집을 부리거나 어쩔 수 없다는 표정이 아니라 냉정하게 생각하면서 그렇게 말했다.

"최종적이라니, 그게 무슨 말인데?"

"내가 1등이라면 그래도 된다는 뜻이야."

리욘이 갑자기 거리를 좁히고는 그렇게 말했다.

얼굴을 들이민 다음에 내 눈을 똑바로 바라보았기에 가슴이 두근거렸다.

그 때문에 여러모로 여유가 없어졌는데······.

"1등이라면······."

리욘의 얼굴이 다가와서······.

"으응."

입술이 맞닿을 만큼 얼굴을 가져다 댔다.

하지만 내 입술에 닿은 것은 리욘이 자신의 입에 대고 있던 집게손가락이었다.

요염하게 미소짓는 리욘이 갑자기 어른스럽게 보였다.

분명히 그 집게손가락에 내 입술이 닿았고, 그 너머에 리욘의 입술이 있었다.

당연히 얼굴은 한없이 가까이 있었다. 아, 이렇게 가까운 곳에서 봐도 리욘은 예쁘구나, 그렇게 얼빠진 생각을 하던 와중에 리욘이 금방 물러났다.

"두근거렸어? 랩 너머로 하는 걸 동영상으로 본 적이 있는데, 이런 것도 좋네?"

씨익 웃는 리욘을 보니 정체를 알 수 없는 분한 마음이 솟구쳤지만, 공교롭게도 반격할 방법은 생각나지 않았다.

그러는 사이에 리욘에게 주도권을 빼앗겼다.

"할래?"

"너도 이미 여유가 없잖아."

얼굴이 빨개진 걸 감추지 못하고 있다.

딱히 무리할 필요는 없을 테니까.

"괜찮겠어? 다른 애하고 하고 싶어져도 나하고 먼저 하지 않으면 못할 텐데?"

마치 당연하다는 듯이 그렇게 말하고 있다.

무슨 논리인가 싶긴 하지만……. 그게 리욘 나름대로 고집하는 부분이라면 받아들여야겠다.

"그게 공범……이라는 건가."

"후후. 맞아."

리욘이 웃으며 일단 물러섰다.

"몸**만**이라면 허락해 줄 테니까."

"리욘이 1등이라면, 말이지."

"그런 뜻이야. 다른 애하고 하고 싶어지면 먼저 나한테 말하고."

리욘이 그렇게 말하니 그냥 그렇게 생각하기로 했다.

정말로 이해가 잘 안 되는 관계구나. 나는 그렇게 생각하며 일단 고개를 끄덕였다.

◇

"꽤 늦어졌네."

"애초에 늦게 들어왔으니까."

소파에서 둘이 게임에 몰두하다가, 정신을 차리고 보니 날짜가 넘어갈 시간이 되어 있었다.

테이블에는 과자와 주스가 있었고, 우리 손 근처에는 다양한 게임기의 컨트롤러가 늘어서 있다.

원래 모습을 생각하면 꽤 생활감이 풍기고 있다.

"슬슬 자는 게 낫지 않을까?"

택시를 타고 갈 돈은 없지만, 다행히 이 근처에는 번화가라 잘 만한 곳은 몇 군데 있다. 노래방이라거나 PC방 같은 곳…….

그래서 슬슬 갈까 생각하며 일어섰지만, 리욘이 내 옷자락을 잡으며 이렇게 말했다.

"오늘은 그냥 자고 가지 그래?"

각도로 인해 나를 올려다보게 되었다.

굳이 그러지 않아도 귀여운 리욘이 그러니 반칙 그 자체였다.

"괜찮겠어……?"

그렇게 대답한 시점에서 이미 결말은 정해진 거나 마찬가지다.

"후후. 아직 덜 놀았잖아?"

"그렇지……."

사실 플레이하던 게임도 아직 한창이었던 터라, 그런 의미에서는 그 제안이 솔직히 기뻤다.

이런 느낌은, 남자인 친구 녀석들한테나 느끼는 건데.

"그럼 계속하자~. 아, 목욕물 준비하고 올게."

리욘이 훌쩍 일어섰다.

그리고 목욕탕 쪽으로 뛰어가나 싶더니…….

"있지, 목욕 같이 할까?"

"——윽?!"

"아하하, 농담인데. 그래도 진짜로 같이 하고 싶어지면 말해."

장난기 어린 미소를 지으며 복도로 돌아갔다.

방심하다가는 진짜로 계속 휘둘리기만 한다.

그런 다음에 한동안 게임을 하다가 당연히 목욕을 따로 하기로 했는데…….

"갈아입을 옷이 없네……."

지갑하고 휴대폰 말고는 아무것도 없다.

당연하다고 하면 당연하다. 이렇게 될 거라는 생각은 전혀 못하고 나왔으니까.

"아키 군에게 빌려줄 만한 옷은 없으니까, 사러 갈까?"

"이런 시간에 문을 연 곳이 있어?"

우리 집 근처하고는 좀 다르네…….

"내가 사러 다녀 올 테니까 그동안에 목욕하고 있어."

"아니, 그 반대지. 가게도 이름만 알면 갈 수 있으니까."

"손님을 보내는 건 미안한데."

리욘은 그렇게 말하며 생각에 잠겼다.

무슨 심정인지는 알고 있으니 도와줘야겠다.

"모처럼 받았으니까. 써보고 싶거든, 이거."

그렇게 말하며 예비 열쇠를 보여주었다.

단번에 리욘의 표정이 바뀌었다.

"그, 그래? 그렇다면 뭐, 괜찮으려나……."

그렇게까지 쑥스러워하면 나까지 쑥스러워지는데…….

"가게는 여기하고…… 이 근처 가게는 영업을 할 거야. 편의점도 있고."

리욘이 휴대폰으로 지도를 띄워서 가르쳐 주었다.

이 정도면 어떻게든 될 것 같다.

"그럼, 다녀올게. 목욕이 끝나면 돌아올 테니까 연락해 주고."

"어, 언제 들어와도 상관없는데?"

탈의실하고 세면장이 같이 있지 않았나……?

뭐, 그건 내가 조심하면 되겠지…….

"알겠어. 그럼……."

"응. 미안해."

"아냐, 아냐. 뭐, 일단 다녀올게."

그렇게 이야기를 나누며 현관으로 향했다.

문을 열기 직전까지 따라와 준 리온의 배웅을 받으며 갈 아입을 옷을 사러 나갔다.

"다녀왔어~."

갈아입을 옷이라고 해도 속옷과 잠옷 정도다.

티셔츠는 사왔지만, 하의는 내일도 똑같은 걸 입어도 될 것 같다.

칫솔 같은 것도 사와서 나름대로 시간이 걸렸을 것 같긴 한데…….

"자, 잠깐만! 아키 군?! 지금은 좀 큰일이 났으니까 기다 려 줘!"

왠지 모르겠지만, 리온이 외치는 목소리가 거실에서 들

렸다.

탈의실이라면 이해가 되지만…….

"무슨 일 있어? 일단 세면장에 가도 되는 거면 손 좀 씻으려고 하는데."

"그렇게 해! 아니, 그대로 목욕하고 와! 그동안에 어떻게 할지 생각할 테니까!"

절박한 목소리였다.

대체 뭐지…….

"뭐, 그렇다면 목욕하고 올게……."

"미안해! 부탁할게!"

조금 신경 쓰이긴 했지만, 억지로 알려고 할 필요는 없을 것 같다.

일단 사온 옷을 탈의실에 두고 바로 목욕하기로 했다.

"욕조에 몸을 담그는 것 뿐인데, 뭔가 죄책감이……."

목욕을 하러 들어간 건 좋지만, 뭘 하더라도 왠지 갈등이 생겼다.

일단 욕조. 좀 전까지 리욘이 몸을 담그고 있었다고 생각하니 이상한 기분이 든다.

그리고 목욕용 의자. 그리고 몸을 씻는 타올…….

너무 신경 쓰는 것 아니냐 하면 어쩔 수 없겠지만, 전부 최대한 몸에 닿지 않게 하고 있었다.

"샴푸도, 왠지 좋은 냄새가 나고……."

리욘에게서 나는 좋은 냄새의 일부를 담당하고 있다고

생각하니 이상하게 긴장되었다.

아무튼, 처음부터 끝까지 마음이 뒤숭숭했다.

"뭐, 얼른 하고 나갈까."

최소한이라고는 해도 온몸을 꼼꼼하게 씻은 다음, 잠깐 욕조에도 몸을 담그고 있었다.

샤워만 하고 나가도 되겠지만, 리욘이 허둥대던 모습을 생각해서 시간을 들인 것이다.

목욕탕에서 나와서 아마 내가 쓰라고 마련해 둔 것 같은 수건과 드라이어를 빌려서 그럭저럭 시간을 때우고 나서 나왔는데…….

"이제 괜찮아?"

거실 앞에서 일단 확인했다.

"으엑?! 벌써 나왔어?! 좀 더 느긋하게 있어도 되는데?"

"아니, 꽤 느긋하게 씻고 나왔는데……. 무슨 일 있어?"

"으으……."

거실 건너편에서 끙끙대는 목소리가 새어 나왔다.

"뭐가 있었던 건 아니라고 해야 하나, 아무것도 없게 되어버렸다고 해야 하나…….."

"대체 무슨 소린데…….."

"저기…… 자고 간다고 해서 신이 난 나머지 깜빡 잊고 있었는데. 내가 먼저 목욕을 하러 가면 말이지, 그, 부끄러운 걸 보여주게 된다고 해야 하나……. 그 대책을 고려하지 못했다고 해야 하나……. 마음의 준비가 안 되었다고 해야 하나……"

잘 알아들을 수가 없지만 아무튼 곤란하다는 것만은 알 수 있었다.

그래도 내용을 전혀 짐작할 수가 없다.

"으…… 아키 군, 내 얼굴을 보고 싫어하지 않을 거야?"

"뭐?"

오히려 좋아하게 될 요소일 것 같은데…….

"목욕을 해버려서 맨얼굴이야. 화장을 다시 할까도 생각해 봤는데, 잠옷하고는 너무 안 어울리고……. 나도 같이 옷을 사러 갈 걸 그랬어……."

"아, 그런 뜻이구나."

지금까지 리욘으로서 만나왔던 모습을 생각해 보니 화장이 진했던 것 같다……고 해야 하나 특수한 화장이었을지도 모르겠다.

아이돌 쪽 얼굴도 알고 있긴 하지만, 그쪽도 맨얼굴은 아니다.

그렇게 생각하니 인상이 크게 달라질 수도 있을 것 같긴 하지만…….

"리욘의 얼굴을 보고 싫어하게 되는 건 있을 수 없는 일 같은데."

"정말로? 장담할 수 있어?"

물론, 외관도 그 사람을 구성하는 중요한 요소 중 하나이긴 하지만…….

"나하고 리욘은 애초에 얼굴도 모르고 만났잖아?"

"그러고 보니……."

현실 쪽 관계가 메인이 되어가고 있긴 하지만, 원래는 얼굴도 모르고 목소리만으로, 게임만으로 이어져 있던 상대다.

이제 와서 보이는 게 창피할 수도 있겠지만, 너무 신경 쓰지 않아도 되는 요소 같다.

"그럼……."

그런 말과 함께 거실 문이 조금씩 열렸다.

살짝 고개를 내민 리욘은 부끄러운 듯이 얼굴을 가리고 있었고, 우선 헤어 스타일이 눈에 들어왔다.

길게 내려오는 검은 머리카락은 윤기가 느껴질 정도로 예뻤다.

나도 모르게 깜짝 놀랐을 정도였다.

"……뭐라고 말 좀 해."

리욘은 어떤 표정으로 나와야 할지 몰라서 그랬는지, 왠지 모르게 조금 불만이라는 듯이 입술을 삐죽대며 말했다.

평소 리욘을 생각하면 어리게 보이지만, 그런 모습도 나름대로 매력적이라서…….

"귀엽네."

"정말로?"

"응."

리욘으로서의 모습도, 아이돌로서의 모습도 완성도가

꽤 높지만, 그런 게 가능하려면 이 정도 소재가 있어야만 하는 건가. 새삼 그런 생각이 들었을 정도였다.

"가능하면 가끔 보고 싶은걸."

"으으, 자러 와주면…… 그래도 돼."

리욘이 한계를 맞이했는지 고개를 돌렸다.

"그렇게 부끄러워할 필요 없다 싶을 정도로 귀여운데."

"──윽! 이, 이제 됐어! 그 이상은, 열 날 것 같아……. 몸이 뜨거워져 버려."

정말 열이 나는지 펄럭펄럭하고, 옷 가슴 쪽을 잡고 부채질했다.

눈을 돌리는 게 늦어서 속옷을 입고 있는지 아닌지 의심스러울 정도까지 가슴팍이 보여 버렸다.

"아키 군……? 아……."

내 시선이 부자연스럽게 돌아간 걸 보고 눈치챈 모양이었다.

리욘이 옷을 확 끌어안고는 이쪽을 살짝 째려보았다.

내가 잘못한 건가……. 아니, 잘못한 건 맞나…….

"미안."

"아니야……라기엔 얼굴만 신경 쓰다가 브래지어를 안 찼네?!"

"굳이 말 안해도 되니까!"

그럼 아까 슬쩍 보인 건 진짜……. 그런 생각이 들고 말았다.

어떻게든 화제를 돌려야겠다.

"저, 저기…… 소파에서 자면 돼?"

"뭐?"

너무 억지스럽게 말을 돌려서 당황했나 싶었는데, 그게
아니었던 모양이다.

"침대에서 같이 자면 안 돼?"

그녀가 뜻밖이라는 표정으로 그렇게 말했다.

"뭐……?"

이번에는 내가 놀랄 차례였다.

하지만, 리욘은 물러설 생각이 없었던 모양이라…….

"안 돼?"

나를 올려다보며 그렇게 말했다.

항상 그랬듯이 거절이 용납되지 않을 만큼 치사한 표정
이었다.

"아하하. 생각보다 좁진 않네."

그 이후로 게임을 좀 하다가 양치질도 하고 잘 준비를
마친 다음, 지금은 둘이서 침대에 누워 있다.

리욘은 좁지 않다고 했지만…….

"이렇게나 달라붙었으니까……."

"에헤헤."

위를 보고 누운 나를 끌어안은 형태로 몸이 완전히 겹쳐져 있었다.

이렇게 하면 1인용 침대로도 충분하긴 할 것이다.

충분하긴 한데…….

"이것저것 닿고 있는데……."

"닿게 하고 있으니까?"

그렇게 부끄러워했으면서 익숙해진 뒤에는 평소 모습 그대로였다.

참고로 그 이후에 속옷을 입을 타이밍은 없었으니 지금 이 감촉은……. 깊게 생각하진 말자.

"이제 친척 애도, 사라도 이겼으려나."

"이기고 지는 문제인가……."

그래도 뭐, 옆에서 만족스럽게 웃고 있는 걸 보니 괜찮은 건가?

"나는 아키 군을 속박하지 않을 거고, 몸뿐인 관계 같은 거지만……. 아키 군의 1등으로 있게 해줘."

리욘이 귓가에 그렇게 속삭이고는 꼬옥 끌어안았다.

"몸뿐인 관계인 건 아닌 것 같은데……."

"아하하. 뭐, 애초에 아직 안 했으니까?"

앞으로도 버틸 수 있을지는 의심스럽긴 하지만, 적어도 지금은 그렇다.

이게 공범……이라는 거겠지…….

이름도 모르는 관계로 시작된 우리의 애매한 관계. 이제야 겨우 이름이 붙었지만, 그럼에도 우리 관계는 설명하기란 어렵고 남들이 이해하기는 힘든 관계일 것이다.

형편 좋은
지뢰계 그녀와
몸뿐인
관계를

마에노 리요와 리욘

"휴우……."

리요의 그 목소리는 한숨 같으면서도 한숨이 아니었다.

"리욘이라도 괜찮다고, 해줬지……."

기쁜 듯이, 왠지 쑥스러운 듯이 방긋 웃으면서, 아무도 없는 방에서 침대에 누운 채 그렇게 중얼거렸다.

"들키면 끝장일 줄 알았는데."

리요에게 있어서 아이돌로서의 자신은 그만큼 크고, 떼려야 뗄 수 없는 요소였다.

그런 리요에게 아키토는 '리욘인 채로도 괜찮다'라고 말했다.

리요에게 있어서는 정말로 큰 의미를 지닌 한마디였다.

"그보다 아키 군, 진심으로 눈치 못 챘었구나."

위험했던 상황은 얼마든지 있었는데, 리요는 그렇게 과거를 돌아보았다.

애초에 아키토가 리요를 제대로 보았다면 처음 만난 날에 사라처럼 눈치챘을 가능성도 있었다.

하지만 아키토는 전혀 눈치채지 못하고 리욘으로 계속 대해 주었고, 알고 난 이후에도 그렇게까지 신경 쓰는 낌새를 보이지 않았다.

"그것도 나름대로 뭔가 분한 것 같기도 한데……."

포스터까지 붙여 놓고 신경도 쓰지 않았다고?! 그렇게 짜증도 났지만, 동시에 이런 생각도 들었다.

이런 말을 할 수 있는 것도 아키토가 리요를 리욘으로 보겠다고 딱 잘라 말해 준 덕분이라는 것.

"후후."

무의식적으로 웃음이 나왔다.

리요는 방 안에서 그렇게 뒹굴거리며 느긋하게 지낼 수 있다는 것이 놀라웠다.

원래 지뢰계 패션을 하게 된 계기는 아이돌 일에 조금 질렸기 때문이다.

딱히 싫어지거나 그만두고 싶은 건 아니다.

그저 리요는 계속 아이돌인 자기자신으로 지내는 게 힘들어졌을 뿐이다.

이동 중에도, 학교를 다닐 때도, 친구와 함께 지낼 때도, 집에서 쉴 때조차도⋯⋯. 리요는 계속 아이돌인 마에노 리요였다.

"지쳤던 거겠지."

계속 신경을 쓰고, 계속 아이돌인 자신을 지키고, 그러다가 조금 질렸다.

그 결과 생겨난 것이 리욘이었다.

아이돌에서 벗어나기 위해 좋아하는 게임에 푹 빠졌다.

아이돌인 자신과 정반대인 옷을 입고 새로운 자신을 얻었다.

그리고…….

"리욘으로서 봐준 사람을 만났어."

리요에게 있어서는 그것이 무엇보다 기뻤다.

지뢰계 패션은 어떤 의미로 리요가 아이돌인 자신을 전환하기 위한 스위치다.

하지만 지금은 이제 전환의 스위치가 필요한 것은 오히려 아이돌인 자신이 될 때가 아닐까, 그런 생각이 들 정도로 리욘으로서의 자신이 자연스러웠다.

그 증거로…….

"오, 아키 군……은 아니구나."

휴대폰이 떨리는 걸 본 순간에 생각난 것은 리욘으로서 이어져 있는 아키토였다.

무의식적으로 아키토를 원하고 있다는 걸 자각했지만, 그 이상으로 이건…….

"오프 모드가 이쪽이 되었구나."

방에서 편히 쉬는 리요가, 아이돌로서가 아닌 리욘으로서 생각하고 움직이고 있다.

"다행이야……. 포기하지 않아서…….."

그날 전부 버리자고 생각했지만, 붙잡아 준 아키토에게 마음속으로 고맙다는 인사를 했다.

리욘이라는 존재를 허락받은 것도, 그와 동시에 아키토라는 친구를 잃지 않을 수 있게 된 것까지 포함해서.

"아, 그러고 보니 휴대폰……."

연락한 사람은 매니저였다.

"맞다. 오늘은 아이돌 활동을 해야지."

마음을 전환했다.

새삼 아이돌을 위해서 마음을 전환하게 된 자신을 생각하니 왠지 들썩이는 기분을 진정시키면서, 아이돌 마에노리요로서 활동을 하기 시작했다.

에필로그

리온네 집에서 자고 온 그날 이후로 며칠이 지난 뒤…….
왠지 모르겠지만 우리 집에 사람들이 모여 있었다.

원래는 리온이 사라와 이야기를 해보고 싶다고 했고, 네네하고도 만나고 싶다고 한 게 계기였다.

뭐, 일단 관계가 정리될 때까지 신세를 진 멤버이기도 하니 만나는 것도 괜찮겠다는 생각에 불렀다.

진짜로 정리된 건지 여부는 일단 제쳐 두고…….

뭐, 그건 그렇다고 치고…….

"오빠, 좁으면 네네가 위에 올라갈까?"

"저는 오히려 저한테 올라타셔도 돼요."

"안된다고! 아키 군은 내 옆에 앉아."

거의 원룸이라고 해도 무방한 우리 집에 이렇게 많은 사람들이 다 들어올 수 있을 리가 없었다.

좁다.

모인 사람은 다이고, 사라, 네네, 리온, 이렇게 네 명.

원래 다이고는 생선구이 정식으로서 리온과 알고 지냈고, 사라와의 관계도 있기에 불렀다. 가능하면 주로 사라를 막아 줬으면 했는데, 지금까지는 고개를 돌리기만 하고 있어서 도움이 안 된다.

"사이가 좋네."

"너무 남 일 같은데? 다이고."

다섯 명이 앉기에는 공간이 부족했기에 침대에 두 명이 앉았고, 테이블을 둘러싸는 형태로 나머지 세 명이 앉은 구도가 되었는데, 마주 보고 앉은 다이고의 발치에는 카펫이 부족해서 맨바닥에 앉게 되어버렸다.

게다가 지금은 왠지 모르겠지만 다들 침대 위로 올라가려고 해서 자리가 없다.

"뭐, 남 일이니까. 여동생이라는 건 잊도록 하고."

제일 중요한 부분일 것 같은데…….

그렇게 이야기를 나누고 있자니 시끌시끌 떠들고 있던 리온 일행 쪽에서 대화를 시작했다.

"그건 그렇고……. 계속 신경 쓰였는데, 이런 애였구나."

리온이 네네를 보면서 말했다.

"오빠, 네네를 어떻게 소개한 거야?"

"옷 취향이 비슷한 친척, 이라고 해야 하나."

"생각보다 무난한 소개구나."

그야 그렇지.

그것 때문에 얼마나 골치 아팠는지 모를 정도라고.

"역시……. 방심하다가는 아키 군이 먹혀 버리겠어."

"어?"

"그래도 오빠는 전혀 함락되지 않는데요? 이 가슴으로도요."

네네가 그렇게 말하며 묵직한 느낌이 드는 가슴을 들어

올렸다.

다이고가 슬쩍 눈을 피했다.

"우와……. 나 좀 만져 봐도 돼?"

"엥?"

"처음 만났을 때부터 신경 쓰이기도 했고, 무엇보다 상상했던 것보다 잘 어울려서 귀엽고."

리욘이 침이라도 흘릴 듯한 기세로 네네에게 들이대고 있었다.

좀 전까지 말다툼을 벌여 놓고……. 아니, 뭐, 그것도 나름대로 다이고가 말한 것처럼 사이가 좋은 대화였겠지만.

"오빠! 무서워!"

네네가 진짜로 겁내는 듯이 재빨리 내 뒤로 숨었지만, 리욘은 멈출 기세를 보이지 않았다.

나를 사이에 두고 수상쩍은 움직임을 보이다가…….

"이렇게 된 이상, 아키 군까지 같이 해도 상관없지."

"뭐? 이봐?!"

나를 끌어안으면서 네네의 가슴 쪽으로 손을 뻗었다.

정면으로 돌진당한 나는 당연히 리욘하고 밀착하는 형태가 되었는데…….

"앗, 잠깐만요, 갑자기 그런 곳은 만지지 말아 주세요?!"

네네가 진심으로 따지고 있었다.

아니, 따지고 싶은 건 나인데.

"숨 막힌다고?!"

뒤쪽은 부드럽긴 하지만, 앞쪽은……. 아니, 이건 솔직하게 말하면 안 되는 거다.

그리고 리욘도 딱히 작은 건 아니다.

내 생각을 읽었는지 사라가 싸늘한 눈빛으로 바라보았지만, 지금은 무죄라고 주장하고 싶다.

"선배들, 치마 입었으니까 그러지 않는 게 좋을 겁다."

"아."

리욘이 재빨리 물러났다.

그 덕분에 나도 그렇고 네네도 움직일 수가 있게 되었기에 자세를 바로 잡았다.

다이고는 절대로 보지 않게끔 눈을 돌리고 있었다. 애초에 보이는 각도도 아니었는데, 꼼꼼한 녀석이다.

"아키 군, 나, 이래 봬도 꽤 철벽이니까 걱정하지 않아도 되거든? 아이돌이니까 키스 신이나 그런 장면은 NG라는 식으로 이런저런 규칙이 있으니 안심해."

리욘이 갑자기 그렇게 말하며 팔짱을 꼈다.

뭘 확인하는 건데…….

"오빠는 일반인이니까 아무것도 걱정할 필요가 없죠."

네네도 나서서 뭔가 이해가 안 되는 말을 하고 있다.

뭐, 그 말에 대해서는 딱히 부정할 필요도 없긴 한데, 그렇게 생각하고 있자니…….

"──엥?"

리욘이 내 팔을 세게 잡아당기면서 자기 쪽으로 끌고

갔다.

"아무리 봐도 아키 군이 더 위험하잖아! 이렇게 귀엽고 가슴이 크다는 말은 못 들었는데."

리온이 네네를 보며 말했다.

"이런 애는 연예인으로 활동하면서도 보기 힘들거든?"

"그런가요? 어떡하지 오빠? 그라비아 아이돌 같은 거 해 버릴까?"

"좀 봐주라……."

할 수 있을 것 같은 게 더 문제다.

하지만 친척으로서, 아니, 여동생처럼 봐온 입장으로서 복잡한 심정이다.

"오빠가 독점하고 싶다면 상관없지."

"독점하게 둘 만한 타입도 아니면서……."

"에이~. 네네는 상대를 한번 정하면 꽤 일편단심인데?"

척 보기에도 노린 듯이 약삭빠른 표정을 지으며 그렇게 말했다.

이거, 모르는 사람이 보면 속을 것 같은데…….

"아키 군?!"

속은 사람이 옆에 있었다.

"괜찮아. 네네는 어느새 보면 남자친구가 생겨 있는 상태 니까."

"그런, 거야?"

"실례잖아. 벌써 한 달 정도는 없었는데."

"그렇구나……."

한달이 길다는 말을 듣고 리욘도 납득한 모양이었다.

"그래도 사라는 그럴 거라는 보장이 없지."

"저 말입까? 저는 딱히 과격한 장난감 취급도 상관없다고 했으니, 몸 말고는 원하는 게 없슴다."

"아키 군?!"

"아무 짓도 안 했다고!"

리욘이 내 어깨를 잡고 흔들었다.

사라를 노려보았지만 전혀 신경 쓰지 않는 듯한 표정이었기에 다이고를 봤는데…….

"그만해! 가족이 이런 이야기를 할 때가 제일 힘들다고 했잖아!"

"그럼 어떻게 좀 해줘?!"

그렇게 시끌벅적한 모습을 보고 리욘이 웃었다.

그런 다음에 냉정해졌나 싶었는데…….

"뭐, 몸만이라면……."

"그걸 물고 늘어지지 않았으면 했는데."

리욘도 나름대로 정서가 불안정하구나, 그렇게 생각하며 모여 있던 사람들을 보았다.

친척. 온라인에서 만난 사람. 그리고 남매…….

생각해 보니 신기한 인연이네.

이제는 온라인에서 시작되었다는 것도, 만난 지 얼마 안 되었다는 것도 잊어버릴 정도로 진한 관계다.

"아키 군……?"

"아니, 앞으로도 잘 부탁해."

"후후. 응."

여전히 새까만 옷차림과 하프 트윈, 눈물주머니가 눈에 띄는 화장.

분명히 지뢰계 패션으로 차려 입었는데도 그 아우라는 왠지 천진난만했고, 어울리지 않을 만큼 순수한 표정으로, 그러면서도 매력적으로 웃고 있었다.

형편 좋은
지뢰계 그녀와
몸뿐인
관계를

후기

오랜만에 뵙습니다! 스카이팜입니다.

3년 전, 『소꿉친구의 여동생의 가정교사를 시작했더니』로 데뷔한 뒤에 처음으로 판타지아 문고 작품이라 즐겁게 썼습니다.

독자 여러분께서도 즐겨 주셨다면 좋겠네요.

오타쿠에게 상냥한 갸루처럼 실제로 있을 것 같으면서도 없을 것 같기도 한 엘프 같은 히로인을 모색하고 있었습니다.

만화 같은 곳에서도 슬쩍슬쩍 보이게 된 지뢰계라는 장르를 접하고 이거다! 라고 생각하며 『가정교사』가 완결된 뒤에 1년 이상에 걸쳐서 오랜만에 편집자인 코바야시 씨와 의논을 했고, 그 이후에는 뭔가 엄청난 속도로 진행되어서 정신을 차리고 보니 출판하게 되었습니다.

『가정교사』 때도 믿기지 않는 속도였습니다만(수상 5월, 출판 8월), 여전히 대단했네요.

제가 생각한 지뢰계 히로인의 귀여움과 매력이 전달되었다면 좋겠습니다.

완전히 여담입니다만, 작중에 나왔던 조금 특이한 애완동물 카페, 의외로 꽤 많이 있으니 흥미가 생기셨다면 가

보세요. 고양이와 파충류가 있는 카페는 사가미하라에 있을 겁니다.

참고로 작가도 2024년부터 그런 가게를 내게 되었으니 흥미가 있으시면 트위터를 봐주세요! (@binturong_toro)

마지막으로 일러스트를 담당해 주신 미레아 선생님.

히로인들이 모두 지뢰계인데다 미묘하게 타입이 다르고, 남자 캐릭터는 제가 지정한 부분도 별로 없고……, 그런 와중에 멋진 일러스트를 그려주셔서 감사합니다!

후기를 쓰면서 책으로 나오기를 기다리고 있습니다.

그리고 코바야시 씨를 비롯하여 관여해 주신 모든 분들께 감사의 말씀 드립니다.

그리고 누구보다 책을 구입해 주신 독자 여러분, 정말 감사합니다.

또 만나뵐 수 있게 되길 기원합니다.

스카이팜

역자 후기

안녕하세요, 천선필입니다.

『형편 좋은 지뢰계 그녀와 몸뿐인 관계를』, 재미있게 읽으셨는지 모르겠습니다.

작가분께서 언급하시기도 했고, 제목에도 들어가 있듯이 이 작품은 이른바 '지뢰계' 히로인을 전면에 내세워서 이야기를 진행하고 있습니다. 물론 밟으면 터진다는 쪽으로 해당 계열이 지니고 있는 문제점이나 성향 자체를 심각하게 다루거나 접근하지는 않았지만, 그 계열 특유의 사랑받고 싶어하는 속성이나 패션 같은 것들을 잘 뽑아내서 괜찮은 히로인들을 만든 것 같은 느낌입니다.

이제 시리즈가 시작되는 부분이기에 히로인 세 명 중 메인 히로인으로 보이는 리온 쪽에만 서사가 집중되는 느낌이 들기도 합니다만 2권 이후로 시리즈가 계속 이어진다면 네네와 사라의 내면이나 매력도 다룰 기회가 있을 것으로 보입니다. 개인적으로는 심각한 것보다는 재미있는 캐릭터를 선호하기에 사라 쪽 이야기가 좀 더 나왔으면 하는 생각이 있습니다.

히로인으로 현역 아이돌이 나오면 교제하는 데 있어서

현실적인 문제와 맞닥뜨리게 되는 내용도 약방의 감초처럼 따라붙기 마련인데 이 작품에서는 아직 그 문제에 대해 본격적으로 다루지 않고 주인공의 대범한 성격으로 포용하는 방식으로만 해결했는데, 앞으로 그런 부분이 어떻게 될지도 궁금해지네요.

이런 생각을 하면서 이번 『형편 좋은 지뢰계 그녀와 몸뿐인 관계를』을 번역하였습니다. 매번 그랬듯이 감사의 말씀 드리고 후기를 마치려 합니다.

항상 신경을 많이 써주시는 담당 편집자분, 그리고 책을 내는데 도움을 많이 주신 소미미디어 관계자 여러분, 그리고 가족 여러분. 감사합니다.

그 누구보다 감사드리고 싶은 분은 독자 여러분입니다. 제가 이렇게 무사히 번역을 마치고 후기를 쓸 수 있는 것도 독자 여러분 덕분이라 생각합니다. 진심으로 감사드립니다.

다시 찾아 뵙게 될 때까지 행복한 하루 보내시길 바랍니다.

감사합니다.

TSUGO NO II JIRAIKEI KANOJO TO KARADADAKE NO KANKEIO Vol.1
©SkyFarm, Mirea 2023
First published in Japan in 2023 by KADOKAWA CORPORATION, Tokyo.
Korean translation rights arranged with KADOKAWA CORPORATION, Tokyo.

형편 좋은 지뢰계 그녀와 몸뿐인 관계를 1

2024년 8월 15일 1판 1쇄 발행

저 자	스카이팜
일 러 스 트	미레아
옮 긴 이	천선필
발 행 인	유재욱
담 당 편 집	정지원

이 사	조병권
출판본부장	박광운
편 집 2 팀	정영길 조찬희 박치우 정지원
편 집 3 팀	오준영 이소의 권진영
디자인랩팀	김보라
디지털사업팀	박상섭 김지연 윤희진
라이츠사업팀	김정미 맹미영 이윤서
영업마케팅팀	최원석 박수진 이다은
물 류 팀	허석용 백철기
경영지원팀	최정연
발 행 처	(주)소미미디어
인쇄제작처	코리아피앤피
등 록	제2015-000008호
주 소	서울시 마포구 토정로 222, 502호(신수동, 한국출판콘텐츠센터)
판매및마케팅	(070)8822-2301

ISBN 979-11-384-8388-9 04830
ISBN 979-11-384-8387-2 (세트)